TIGER × DRAGON SPIN OFF! 3

瞧瞧我的便當

竹宮ゆゆこ
插畫◎ヤス

北村的祖母便當引發
竜兒想到什麼奇策？
——〈瞧瞧我的便當〉

掌中老虎
on
掌中老虎世界！
——〈TIGER×TIGER!〉
多了一位闖入者，
高須家某個星期日的
晨間片段。
——〈TIGER×DRAGON!的星期日〉

竜兒經營定食屋的未來就在這裡！
——〈歡迎光臨DRAGON食堂〉

不幸的黑貓男・幸太
為2年C班眾人帶來的悲傷結果！

──〈不幸的BAD END大全〉

高須泰子還是女高中生時——
——〈DRAGON泰子〉

溫馴的大河將在七夕祭典降臨？
那名愛好靈異現象的女孩也在此登場。
——〈FAKE×TIGER!〉

CONTENTS

TIGER × DRAGON SPIN OFF! 3

瞧瞧我的便當

竹宮ゆゆこ

插畫◎ヤス

瞧瞧我的便當

「……我要越過那條線囉。」

過了盛夏，季節進入初秋。

竜兒、你、你——穿著黑白條紋長襪的大河抖著嘴唇，戰戰兢兢想要靠近。

「你……如果那樣做，你就……」

「別管我！」

竜兒把話說得很重，逼得背後的大河沉默。平常無論什麼情況，強勢的人總是大河，竜兒只有乖乖聽話的份。為所欲為的大河老是口出惡言、使用暴力，高高在上的她時常以主人自居，竜兒則是縱容她的行為，甚至接受「狗！」這種叫法。

然而今晚不同。

「可、可是，竜兒……還是不行！拜託！別那樣做！」

「……我已經無法停止了……」

「到時候事情將會無法挽回！你就回不來了！」

站在廚房的竜兒稍微轉頭。

大河身穿淺藍色連身洋裝，衣領和袖口有印第安女孩風格的刺繡，紮起的長髮垂落肩

膀，穿著黑白條紋五指襪的雙腳站在榻榻米上。竜兒瞄了一眼蒼白的認真臉龐，依然說道：

「……跨越那條線是指這樣吧。這麼一來就沒有轉圜餘地、無法挽回了吧。我已經下定決心了。」

他的視線回到乾淨的流理台，決心沒有分毫動搖，也不打算聽從大河的勸阻。既然說了就要做到。

「竜、竜兒……」

大河插嘴也沒用。

客廳和廚房之間的地板彷彿以結界隔開，大河想踏也踏不過去。竜兒渾身散發殺氣——不，幾乎可以說是瘴氣或毒氣，或許乾脆稱為虛無。沒有惡意的純粹「魔」氣如同黑色火焰冉冉升起，充滿高須家廚房。

那個漆黑身影再度轉向大河，大河忍不住發抖。被黑色火焰籠罩的竜兒看著她，眼睛像是兩個空蕩蕩的洞。住手吧，現在反悔還來得及——大河伸出的手反被竜兒抓住。

「噫……」

「大河，妳也過來『這邊』吧。」

一線之隔。

大河穿著五指襪的腳遭到拖行，無法踏穩榻榻米的她只能一步步接進廚房的木頭地板，無力抵抗。

「不……不要！住手……我、我……！」

「幫幫我，大河……我們患難與共……對吧？」

「不要、不要不要不要！你如果真的動手，就沒有退路——」

「我們早就踏上不歸路了……我們……」

猙獰的笑容——竜兒嘴角有如被絲線拉起一般上揚，俯看大河的雙眼射出水亮的光芒，手汗甚至沾濕大河的手。

（這傢伙已經沒救了。）

大河腦內的電子看板閃過幾個字。

（臉也很變態。）

「不、不不不、不要！我反悔了！不可以做那種事！」

「我就是要做。」

大河胡亂揮手想要甩開竜兒的手，但是竜兒的手完全沒有放鬆。大河終於覺悟到已經無法阻止。患難與共——如果真是如此，我也必須越過那條線嗎？只有這條路了嗎？

「幫幫我，大河。妳把今天煮好的飯分成一餐的分量用保鮮膜包起來。接著看情況，涼了之後就放進冷凍庫。然後明天早上，我、我——」

竜兒的視線緩緩地由上而下、由下而上瞪視放在廚房調理台上的電子鍋。銀色的電子鍋流下彷彿汗水的水滴……應該是洗碗時噴到的水吧……

竜兒入「魔」的起因，要回溯到幾天之前。

＊＊＊

升上高中二年級，自然會出現「便當集團」。

男生之間早就瀰漫這種氣氛。想要一個人吃飯就一個人吃，想要和誰一起吃飯，就隨興坐到對方的座位旁邊，每個人都可以自行判斷要在哪裡吃便當。另一方面，女生很早就存在集團制度，每天都是固定成員圍著固定桌子吃飯。也只有在這個時候，男孩子才有機會優越地說聲：「女孩子怎麼這麼麻煩？」「啊——幸好我是男生。」

在這種狀況之下，竜兒、北村、春田、能登四個男生聚在一起吃便當並非偶然。因為北村一大早就熱情邀約：「今天大家一起吃便當吧！」

「四個感情超好的GAYS聚在一起吃午餐～～！偶爾這樣也不錯～～！」

撥弄那頭煩悶的及肩長髮、連GUYS都不會唸的人是春田浩次。

「啊！頭髮會掉進來……」

看到竜兒忍不住起身用雙手護衛便當，蠢蛋春田有些悲傷地皺起眉頭。「小高高……我的毛囊可沒那麼脆弱喔？」抱歉抱歉，我不一小心……竜兒的道歉無法撫平蠢蛋的悲傷。

「好了好了。話說回來，四個男人擠兩張桌子實在有點擠。說要一起吃飯的北村大師人上哪去了？」

能登眨眨黑框眼睛後面的小眼睛，以水獺檢查航道的表情環顧教室，正好看見北村抱著一大包東西從教室後門回來，還對伸長脖子等待的男生爽朗舉起一隻手：

「喲，久等了！」

「什麼久等了，都怪大師太晚到，春田被高須傷害了。」

「話說回來，那包東西是什麼？」

竜兒伸手指過去。北村在他對面坐下，用中指推高銀框眼鏡露出笑容，整齊的牙齒閃耀潔白的光芒：

「便當。早上我先收在置物櫃。因為有這個，所以今天才想找大家一起吃飯。」

咚。他把擺在正中央的布包解開，一個豪華到不應該出現在現代日本公立高中的三層便當就此現身。春田忍不住噗哧一聲：

「噗哈哈！這是啥〜〜？真的是便當嗎〜〜？」

「嗯。」

「嗯什麼啊，大師〜〜！這未免太誇張了〜〜！帶這種便當來就跟茶魔（註：小林善紀的漫畫《おぼっちゃまくん》裡的有錢少爺御坊茶魔）或面堂終太郎（註：高橋留美子的漫畫《福星小子》裡的有錢少爺）差不多〜〜呀哈哈！」

竜兒戳戳仰天大笑的春田手肘：

「喔，你！看到別人的便當笑成這樣很沒禮貌吧！嗯呼！」

可是自己也差點笑出來。能登的反應只是拍手說聲：「漫畫便當！」至於當事者北村：

「沒錯沒錯，很不真實吧……果然不真實吧，這個……我懂……」

他準備抱起三層便當「……啊哈哈哈哈！」卻也笑到倒下。竜兒終於忍不住大笑：

「哇哈哈哈！這、這是怎麼回事！你這傢伙是哪裡來的大少爺？」

「不，那是……我祖母……哇哈哈哈！裡面很驚人喔，各位請看！」

啪！打開三層便當的第一層，「噗哈！」所有人再度大笑。巨大龍蝦盤據正中央，兩邊分別是紅、白、黑，色彩繽紛的菜餚。中間一層是炸雞塊、漢堡排、日式煎蛋、小香腸、毛豆、骰子牛排、薑汁豬肉、包在鋁箔紙裡的迷你奶油焗烤，義大利麵也漂亮地和其他菜色靠在一起。最下層同樣驚人，右邊是寶石一般的散壽司，左邊以絞肉和蛋鬆排列出直條紋，正中央用海苔排出「39」字樣。

「啊～～哈哈哈！太驚人了～～啊哈哈哈哈哈、啊哈哈哈哈哈～～！大師的便當裡連龍蝦都有了～～！啊哈哈哈哈哈哈哈哈哈～～！」

「話、話、話說回來，你、3、39是什麼意思！」

能登一邊扭動身體一邊發問，北村也拚命忍住笑意回答：

「是祐、祐……祐作的作……！」（註：「作」的日文發音與39接近）

聽到他的回答，竜兒再度爆笑。幾乎已經沒有人能夠正視那個豪華便當，全都趴在桌上笑到抖個不停。聽到他們的吵鬧聲，「怎麼了？怎麼了？」班上其他人全都好奇地看過來。

「龍蝦！什麼？噗哈哈！」

「那是什麼？為什麼！北村的便當？為什麼會出現那種便當！」

「丸尾一個人吃這麼好～～！呀哈哈！」

靠過來觀看的同學也被捲入爆笑漩渦。

天氣真好，我們去屋頂吃便當吧——因此離開教室的大河和実乃梨終於回到教室。

「這股騷動是怎麼回事？大家聚在一起看什麼？也讓老頭子我看一下。」

実乃梨率先看向騷動中心。「這是、我的……」看到北村手指三層便當的表情——

「噗哈！」

她忍不住笑了出來，連自己的便當盒都掉在地上。接著她抓住大河的手，「嗯？怎麼了？」手指向超豪華三層便當和北村給大河看。

「快看，大河！異次元便當喔！北村同學帶來了異次元便當……！」

「咦？北村同學？異次元便當？妳到底在說——噗嘿！」

是我的……這個表情也戳中大河的笑穴。「噗呀哈哈哈哈！」她失神跪下，手撐著地板趴在地上大笑。稍微抬起頭來，又看了一次龍蝦便當，再看向北村的臉，「抱歉，我實在忍不住，嘻哈哈哈哈！」又笑了。她一定不想嘲笑北村的便當，所以拚命想要忍住不笑，偶爾還摻雜幾句「對不起」不過還是狂笑不止。

沒有人覺得這樣有什麼不妥。

「沒關係，笑吧笑吧，逢坂和大家都笑吧！我也說這個便當太誇張，我不想帶。」

北村擦了一下笑得太過頭而滲出的淚水，喘著氣說道。這時有人從他背後探出頭……

「啊——哈哈哈哈！我還在想為什麼這麼吵。祐作，你又被陷害了！祖母便當！」

青梅竹馬美少女亞美也拍手大笑。妳說對了——北村點點頭……

「媽媽今天開始要去關島參加四天三夜的員工旅遊，聽說是員工評鑑獲得優等之類的。這段期間必須有人照料我、爸爸和哥哥的生活，所以祖母來住我們家……她超有幹勁的，於是變成大家看到的模樣。」

「祐作的祖母超～～～疼孫子的。話說起來，龍蝦會不會太好笑了！太超乎想像了！好像假的！我很好奇她在哪裡買的！」

「我想應該是從老家帶來的。祖母肯定準備了四天三夜份的豪華食材。」

竜兒回頭對似乎很清楚情況的亞美問道：

「這個漫畫便當是北村的祖母親手做的？從以前就這樣？」

「沒錯。」

亞美勉強不再發笑，擦去眼角的眼淚，像親兄妹一樣從北村背後抓著他的肩膀揉捏。

啊！蠢蛋吉在性騷擾！好色吉！見狀的大河忍不住呻吟，但是亞美忽略大河的反應：

「祐作的祖母非常疼愛孫子，超級溺愛的。對吧，祐作？只要一有機會過來，就會用零用錢、點心、大餐等不斷轟炸。祖母雖然不討人喜歡，但在媽媽旅行時也阻止不了她。」

「是啊，我很感激祖母，但是她每次都太過頭了。這個便當……一般人吃不完吧。」

總算恢復正常的北村稍微看向遠方，又看著攤在桌上的三層便當。那個分量看起來五六個人吃都綽綽有餘。

「所以我希望大家來幫忙一起吃它。若是沒吃完帶回家，祖母也太可憐了。」

「咦，真的可以嗎？既然這樣我們當然要幫忙吃！北村的祖母GOOD JOB，真是抱歉嘲笑妳！我就不客氣了——！」

把便利商店袋子裡的三明治和中華涼麵擱置在一旁，能登快動作「鏘！」拿出自己的環保筷……每次只要使用免洗筷，身邊某位太浪費了男就會說什麼熱帶雨林、什麼浪費資源等，至少要唸上一個小時，所以除了能登之外，連春田也——「我也要我也要！鏘～！」隨身帶著環保筷，也沒考慮他們中午總是吃便利商店或是福利社的麵包。

「高須也幫忙吃吧。」

「喔，感謝！那麼我試試第二層的炸雞塊……」

「先吃龍蝦也可以喔。」

「哎呀，直接吃龍蝦未免太沒規矩了。」

「吃多一點。」

「夠了夠了。」

竜兒打開自己的便當，拿起蓋子當盤子，乖乖地夾了一個看來很美味的炸雞塊和一些菜餚。能登和春田則厚顏無恥地直接把筷子伸進北村的便當裡大快朵頤。「好吃！好吃！」吵鬧的兩人筷子愈發停不下來。原本圍在四周大笑的其他同學看到這個情況，「看起來好像很好吃。我也可以吃嗎？」「我也要我也要！」紛紛伸手抓菜。

「吃吧吃吧，快來幫忙吃。還有甜點喔，草莓、剝好的碰柑、奇異果、鳳梨，這是什麼？牡、牡丹餅？」

「荻餅。秋天吃的叫荻餅。」

竜兒教授北村一個小知識，當作炸雞塊的回禮。

「啊啊，這個絕對吃不完！大家盡量吃！櫛枝也來吧？亞美，還有逢坂也幫忙吃吧。」

變身推銷魔人的北村可能沒聽見，當他打開那個同樣大到可笑的甜點盒蓋遞到女孩子面前時，「呀啊！」她們紛紛發出高亢的超音波，「嗚喔！」其中還摻雜一個粗啞的聲音。

「討厭討厭！亞美已經吃了自己的便當……超討厭的！奇異果看起來好好吃！受不了了，我要吃了——♡」

啊——嗯。亞美張開淺粉色嘴唇吃下奇異果。接著發出「嗚喔！」聲音的実乃梨也——

「那麼我吃草莓！話說回來，這季節可以吃到草莓好奢侈啊！」

「沒關係，儘管吃。逢坂也來吧，要吃哪個？草莓？奇異果？喔，還有葡萄喔。女孩子真喜歡水果，好像水果蝙蝠。」

「咦……可以嗎？」

大河楚楚可憐地羞紅臉頰（這個人明明直到剛才還趴在地上狂笑），雙手放在身後動動肩膀，抬眼害羞地看著爽朗遞出保鮮盒的北村，忸忸怩怩地噘起嘴巴，長睫毛下方的眼睛閃閃發光，還以為她要說什麼——

「……我……想吃龍蝦……」

「妳也太嚇人了！哪來那麼厚的臉皮？討人厭的性格一覽無遺！」

竜兒忍不住吐嘈。「沒關係沒關係！」北村遞出便當，還幫忙剝掉巨大龍蝦的殼，方便大河食用。

「還奇怪妳在忸怩什麼，原來是想吃主菜的龍蝦啊！」

「關你屁事！」

大河像雨刷一樣揮動左手，輕易甩開竜兒放在她肩上的右手。接著她的手指捏起切成一口大小的龍蝦⋯⋯

「因為它看起來好好吃嘛！我最愛甲殼類了！謝、謝謝你，北村同學，那麼我就不客氣了⋯⋯嗯──！」

然後是愉悅的表情。

「這麼好吃是怎麼回事！哈！不妙！好──鮮甜！好有彈性！啊──龍蝦真笨！我真幸福！」

鼓著臉頰晃動肩膀雀躍不已。興奮成那個模樣，就算是跳著舞飛上天堂也不奇怪，她的嬌小身軀發出喜悅的光芒，連背後的景色都扭曲變形。

「哈──嗯！龍蝦愈咀嚼愈好吃！口感無與倫比！龍蝦是為了誰長成這麼好吃？如果不好吃，牠就不會被吃掉了！啊──我真該感謝龍蝦的愚蠢！我、好、幸、福、喔！」

這樣會不會開心過頭了？

……竜兒的腦袋瞬間掠過這個感想。為了龍蝦興奮姑且能夠理解，加上那是從單戀的北村手中拿到的龍蝦，美味度一定倍增。所以這就算了。

可是——

「……妳不是才剛吃完便當……妳吃了我做的便當吧？」

大河激烈的歡喜反應讓竜兒有些不是滋味，也是事實。妳的意思是說剛吃完的便當那麼平凡嗎？每天早上從不間斷地替她做便當的當事人有幾分不悅。

「我知道龍蝦好吃，可是妳需要那、那樣好像我沒給妳吃東西，而妳是個沒飯吃的可憐小孩一樣，需要這麼開心嗎……」

「啥？你的便當？我當然吃了。可是那和龍蝦沒得比！這可是龍蝦喔？龍、蝦！啊啊，真是美妙的詞彙！再加上絕妙的熟度……啊啊，吞下去了……龍蝦再見……下次再會。」

「……一般便當怎麼可能會有龍蝦。」

「我知道。」

「……龍蝦是甲殼類，可是以食物來說是一種遠距離的攻擊武器，所以……那樣……該怎麼說，妳那麼開心的樣子好像在指桑罵槐，我……」

「指桑罵槐？為什麼？你有病嗎？」

大河誇張歪著臉彎下腰，耳朵從側面逼近坐在位子上的竜兒，太陽穴甚至撞上他的嘴巴。噗——竜兒咬著嘴唇沉默不語。

「誰——拿龍蝦和你做的便當比較來著？你以為你做的便當只是拿來填飽肚子嗎？你以為我會拿你的便當和龍蝦比較嗎？怎麼可能？你的被害妄想症未免太嚴重了。」

大河再次瞇起雙眼瞪視竜兒，傲慢的鼻息噴在竜兒臉上。她不是在生氣，比較像是高高在上發表意見。

「便當是便當，龍蝦是龍蝦。」

她優雅地攤開雙手，左手比著剪刀，大概是表示龍蝦。

「兩者原本就是不同的東西，不同領域，所以不管是吃完便當還是什麼東西，看到龍蝦還是會感到興奮。」

大河沾上龍蝦湯汁的手指比出剪刀手勢舉在空中。竜兒一邊遞面紙給她，一邊以難以言喻的心情低頭看向自己的便當。這個便當的內容物和大河的完全相同。

的確沒有任何人說：「比起龍蝦，你的便當……唉～～」也沒人說：「龍蝦好好吃！這可是寒酸便當滿足不了的，更讓人覺得開心～～！」

這樣想的人不是別人，也不是大河，而是竜兒自己。

今天的便當主菜是維也納香腸，配菜是昨晚剩下的炒牛蒡絲（還有紅蘿蔔皮和白蘿蔔皮），以及白蘿蔔葉炒鰹魚乾，白飯上面撒有芝麻，正中間擺著酸梅。今早原本計畫要煎蛋，然而還是輸給睡意。就是這樣。

這從一開始和龍蝦便當就是不同世界的東西——連我自己也覺得太過寒酸，姑且還算健康。可是如果拿出真本事，我肯定能做出更美味的便當，而且要多少有多少。事實上之前一直都是這樣，這個便當沒有發揮我的實力。我今天只是碰巧輸給睡意，不過這件事也包括在實力的一部分，同樣也是事實……

竜兒帶著複雜的情緒，吃下從北村那裡夾來的炸雞塊，一咬下去忍不住「嗯！」瞠目結舌。酥脆的麵衣一咬就碎，入味的雞肉鮮嫩多汁，與薄麵衣的組合堪稱絕妙，一點也不油膩，而且絲毫不乾澀。愈咬愈香的香料氣味穿過鼻腔，連雞塊冷掉之後的味道都考量在內。巧妙結合薄麵衣與滋味濃厚的雞腿肉，讓人忍不住多扒三口飯。

好吃。

而且厲害。

好吃到教人不甘心，只有竜兒感覺到的調味料是嫉妒嗎？還是落敗的感覺？

「……北村的祖母……做的菜真好吃。哈哈，對了，她應該是料理老師或者原本有開店吧？也就是專業廚師之類的……吧？」

「不，她一直都是普通家庭主婦。對了，你的便當可以借我用手機拍張照嗎？我想告訴

祖母一般便當是這個樣子，順便告訴她我的朋友平常都是自己做便當，很厲害的。」

「呃……啊啊，喔……」

今天的便當沒有拿出真本事也不是一般水準，我平常做的更像樣，今天只是碰巧——竜兒無法說出這些藉口，北村已經拿著手機相機對準竜兒的便當。在「喀嚓！」快門聲中，竜兒低著頭緊咬嘴唇。如果有人看到他此刻的臉，恐怕早已休克而死。

高須竜兒的實力將被認為只有這個便當的程度，這是他無法忍受的事。這個便當一點也不認真，不是平常的水準。

輸給睡意的原因是身體不舒服。

明天開始調養身體，我會帶來正常水準的便當。他無法接受把這個當作高須竜兒平常做的便當、當成他的實力。

「哎呀——真的嗎？那麼請讓我拜見你的手藝。我期待明天的普通主婦等級便當。」

銀框眼鏡搭配齊額瀏海、晶亮的雪白牙齒和端整的容貌，竜兒擅自想像北村家祖母俯視自己高聲大笑的姿態，一個人燃起幹勁。

不過說是真本事也太嚴重了。

不過就是平常的便當。

「喔，北村，一起吃便當吧。你今天也是祖母便當吧？」

「好啊！不過今天姑且算是……你看，普通大小。」

隔天午休，竜兒借坐北村前面的座位，把自己的便當放在桌子角落。北村從包包裡拿出的便當的確只有普通大小。

這樣啊……幹得好，祖母……低著頭的鬼臉嘴邊露出一抹獰笑，不過他的好友沒有注意。便當的尺寸當然要這樣。不會再有昨天那樣的驚喜。

既然是「每天的便當」不普通就沒有意義。突然把龍蝦塞進三層便當裡，那只是偶爾出現一次的大餐。便當這種東西，必須是能在有限的學校午休時間內填滿高中生肚子的東西。如果不是這樣，做便當的負擔也太大、太花錢了。

這就是規則，以「普通」畫出一條界線的規則。

「……順便問一下，你的祖母叫什麼名字？」

「祖母名叫巳代。屬蛇，單眼皮。」

「喔，ＯＫ！來吧，巳代……迎接便當時間！」

咻！竜兒率先充滿幹勁地打開便當。好，想看就看吧，北村巳代。這才是我高須竜兒做的普通水準便當！

「喔，好羨慕啊，高須！今天是豬排！手藝真好，看起來好好吃！」

「嗯啊，這是昨天晚餐『剩下的』炸豬排，我只是今天早上起來『迅速』『簡單』加了蛋花『而已』。」

……呵呵呵呵……竜兒忍不住笑了。他一邊劇烈抽動鼻子，一邊看向自己的便當，不斷暗自竊笑。小惡魔的虛無微笑出現在穿越三億光年的大魔王有所企圖的臉上，他正在為自己的實力感到陶醉。

蛋花配合便當做得稍微硬一點，而且特別和配菜分開，避免湯汁滲入白飯。鬆軟的黃色蛋液裡可以看見充分入味的炸豬排和鮮甜洋蔥，還有漂亮的綠色鴨兒芹。為了顧及營養均衡，還擺入簡單汆燙的黃綠色蔬菜。淺漬小黃瓜則是用鋁箔紙容器裝著。

這是用昨天晚餐剩菜做的炸蛋花豬排便當。偷偷帶著下流表情的竜兒等待北村打開自己的便當。好了，出招吧，巳代。妳該不會又因為疼愛孫子使出高級食材吧？魚子醬便當？魚翅便當？高二的午餐帶鵝肝醬便當太沉重囉……？

「好，也來看我的便當。祖母，拜託別再出現龍蝦了……嗯？」

「……喔！」

兩人面對面坐在同一張桌子前感覺有點噁心。竜兒和北村睜大眼睛貼近便當仔細觀察。

該怎麼說，應該說是極簡風還是有點不夠——

「咦……我的確是跟她說『只要飯糰之類的就好』沒想到……祖母真的只準備飯糰。怎麼突然這麼簡單。不過看起來也很好吃。」

「……不對，等等。」

咕嚕吞了口氣——不對，是嚥了口口水，竜兒進一步仔細觀察好友的便當。

今天的祖母便當看來的確突然變得簡單，只有三顆飯糰和醃漬山牛蒡。可是竜兒很清楚，這個飯糰不簡單。

在有點高度的便當盒裡，三個穩重的三角形包著竹筍外皮。三個飯糰都帶著肯定是手工製作的和緩弧度，緊密結合在一起的雪白色米飯有如蛋白石一般閃閃發光，與溼潤海苔的黑色形成強烈對比。只有中間那個的海苔帶有麻油的油亮和鹽粒的閃耀……是韓國海苔。

「什麼嘛……」瞬間有些失望的竜兒仔細一想——不，不對，其中必有玄機。一定有什麼玄機。雖是極簡的飯糰便當，好歹也是高中男生的便當，是最愛肉類又講求分量的高中男生北村祐作的便當。

裡面包的料恐怕是……

「正中間的飯糰一定包了……燒肉。」

「咦？是嗎？」

開動——！語畢的北村大口咬下包著韓國海苔的飯糰，然後——

「……嗯？真的耶，你猜對了！好好吃！」

瞪大眼睛的北村滿臉喜悅，嘴裡一邊咀嚼一邊把斷面拿給竜兒看：切得薄薄的牛肉帶有漂亮的油花，看起來入口即化。不但充分入味還撒了許多芝麻，軟嫩的細緻油花加上鹹甜醬汁……絕對沒有哪個高中男生不喜歡。肉的縫隙間隱約可見的綠色是青椒？還是紫蘇？不管哪個都好，因為兩種都好吃。

咬了一口自己的豬排，當然也好吃。好吃是好吃，但是——

「嗯——嗯，裡面包肉真是令人開心的驚喜！祖母真是細心！這、這種便當太棒了。這邊是……啊，酸梅。這邊是……耶！果然是鮪魚美乃滋！我最喜歡這個了！」

北村稍微剝開海苔偷看一下，接著大聲發出歡呼。對其他人來說，或許是「一定要有鮭魚才行！」「我愛昆布！」「柴魚飯糰！」等等，但是對北村祐作來說，這樣的配置完全正確。燒肉、酸梅、鮪魚美乃滋，連配菜的山牛蒡都是經過計算。感覺口味太重時，那個清爽的野味一定可以去油解膩。

反觀蛋花豬排便當——不得不承認。

從頭到尾只有醬汁的甜味。

配菜的蔬菜過於單調，淺漬醬菜也不夠味道，早知道就用米糠漬醬菜了。

三種口味的飯糰協奏曲還是比較巧妙。不，如果正式進行人氣票選結果難料，可是竜兒自己很清楚。肉、酸梅、鮪魚，再加上山牛蒡交織的味覺旋律更加令人欣羨。

而且他很明白自己的便當味道為什麼這麼單調。

「竜──兒──吃飽了，蛋花豬排真好吃。」

「啊……喔……妳吃得真快。」

「像豬排蓋飯一樣把料放在飯上，一口氣就吃完了。啊、北村同學今天是普通便當。」

「是啊，普通的飯糰讓我鬆了一口氣。」

大河拎著空便當盒走來，一邊和北村聊天，小小的左手輕輕按著胃畫圈按摩。

「飯糰很棒啊，祖母親手捏的飯糰一定很好吃。對了，竜兒，今天的晚餐也可以吃飯糰嗎？或者說清淡一點的東西……我好像有點消化不良。」

當然──竜兒點頭同意。他自己也是如此，所以深有同感。

「……也對，我還剩下一半沒吃，卻已經覺得消化不良了。」

「沒錯吧？不管多麼好吃，連續兩天吃炸的東西，腸胃負擔真的太大。」

「……喔……的確是那樣，可是豬排剛好有剩，我就……不小心……」

他開始厭惡自己居然若無其事說出這種無意義的謊言。

不是不小心剩下，而是故意多準備的。只為了早上能夠「用剩下的炸豬排淋上蛋汁」。

早上吃冷凍食品還無所謂，特地為了便當炸豬排未免太小題大作。所以如果想要拿豪華的油炸便當，就必須說是晚餐的剩菜。而晚餐的菜單也是為了這個便當所準備。

結果變成連續兩餐吃油炸物，對竜兒和大河的腸胃來說負擔過重。另一方面，北村今天也是一樣爽朗：

「我的午餐只有這樣，所以晚餐可以大吃一頓。祖母的晚餐更是驚人。大概是昨天晚餐吃不完，所以祖母今天中午才會準備這麼少。」

竜兒用腦內濾鏡在手握飯糰的北村臉上追加皺紋，北村巳代彷彿出現在眼前。

「身為家庭主婦，必須考慮到三餐的連貫性。我昨天做得有點過頭，不過馬上就找回感覺了。畢竟我也當了八十年的主婦。」

——當了八十年主婦，巳代現在幾歲了？不，這一切只是竜兒的妄想。

話雖如此，他真的覺得不甘心。

他知道自己的主婦功力超越一般高中生，也自豪自己遠勝過那些略懂皮毛的傢伙，這更是他感到驕傲的地方。就算外貌和成績贏不了人，要是說到做家事，他絕對不輸任何人。

但是這不過是高中生裝模作樣的勝利。在年輕人之中屬於頂尖，一旦和年長者相比就贏不了，也就是說他的技巧只是小鬼水準、井底之蛙，一旦放入年長者這片大海，遇到北村祖母這樣的鯊魚，輕鬆就被一口吞掉。難道自己只能當個渺小的青蛙，在鯊魚胃裡消化殆盡？

「竜兒？怎麼了？怎麼不說話？便當吃不下了嗎？」

「……」

「喂——高須？振作一點，你神遊到哪個世界了？快點回——來。」

「……鯊魚……的胃裡……」

我也想回去。

如果真的是青蛙，只要依賴強韌的雙腿在鯊魚胃裡激烈跳躍，應該能夠成為沒有消化的嘔吐物平安生還——只是這種事在這個時候無關緊要。

既然正面攻擊無效、既然無法成為鯊魚，只會反覆使出青蛙招式，有什麼能夠當作武器的東西，是北村巳代沒有而高須竜兒有的？

「……青春……嗎？」

劈哩啪啦撕開泡麵蓋子。

「在學校這麼做感覺好奇怪。話說回來，你平常明明老是說不准吃泡麵，今天是噴什麼風來著？」

「……吹什麼風。」

「飄什麼風來著？」

「……妳故意的吧？哎呀……只是想說偶爾吃泡麵也好。」

嘿——大河點點頭。即使抱怨這麼多，還是看得出她臉上有些開心。見狀的竜兒再度確信自己的點子無誤。

今天贏的鐵定是我。

吃泡麵當然開心，我自己也很開心，這就是所謂青春的感性，年輕人就是擁有充滿可塑性的玩心。學校午餐時間從家裡帶泡麵來吃，怎麼可能不開心。

「咦？怎麼回事？你們午餐吃泡麵嗎？熱水呢？」

実乃梨從他們背後冒出來發問。竜兒一邊暗自竊笑一邊轉頭，手指著腳邊的插座。特地為此帶來的小型電熱水瓶差不多要沸騰了。

水蒸氣開始咻咻冒出，抱著便當的実乃梨也認同地睜大眼睛：

「連熱水瓶都準備好了。耶～好像挺不錯的，你們挺適合牛仔褲的。可以吃泡麵好羨慕喔。下次我也來試試吧。」

不只実乃梨，其他同學也注意到熱水瓶的水蒸氣，紛紛說道：「他們該不會吃泡麵吧？」「真的假的？好好喔！」「我也好想吃，我受夠冷便當了。」——不好，我忍不住想笑。竜兒掩著嘴巴，手肘撐著桌面低下頭。這個動作不是模仿準備從嘴裡發射光砲的巨神兵，只是碰巧類似罷了。

竜兒不認為垃圾食物適合當午餐，平常也盡量避免這樣，可是在午休時間的教室裡正好適合吃泡麵。今天的竜兒的確成功地讓每天單調的午餐時間，變成有些歡樂的祭典。

拔掉沸騰的熱水瓶插頭，小心翼翼地先把熱水注入大河的泡麵碗裡，準確對齊注水線後，接著是自己的。他把蓋子邊緣折起勾住碗沿。

「三分鐘，注意時間喔。」

大河轉頭確認教室牆上的時鐘。竜兒興奮地環顧教室，尋找北村的影子，只見他在自己的位子上拖拖拉拉。看來北村還沒注意到竜兒的泡麵。

真希望他快點發現，勝利的瞬間就在眼前。無論北村巳代做的便當水準多高，在這個點子面前肯定束手無策。料理的技術、品味、經驗雖然無法獲勝，但是竜兒擁有青春的感性。特地在教室裡吃泡麵看在大人眼裡想必會認為沒必要，不過對高中生來說這樣很好玩。

「小実不一起吃嗎？」

「嗯，今天有社團慣例的午餐會議。雖然沒有什麼大不了的事，不過我姑且也是社長，還是要和大家一起吃便當不可。話說回來，嘿嘿嘿——！北村MAN！你在做什麼，該走囉MAN！」

「抱歉抱歉！」

既然壘球社要開會，身為男生社長的北村當然也要出席。既然這樣，快點！竜兒趕緊自我推銷，想要主動抓住勝利：

「北村，今天不一起吃飯嗎？我早上睡過頭，所以我們今天吃泡麵喔。你看。」

看清楚了，北村祖母……竜兒在心中呼喚想像中的對手。北村巳代，妳一定沒想到這招吧？這肯定超過妳的想像範圍吧？妳早就失去為這種事情喜悅的感性了吧？多年的經驗與根深蒂固的價值觀成為阻礙，讓妳無法搞懂吧？

北村祖母鐵定沒料到會有高中生——高須竜兒特地準備熱水瓶煮熱水。看吧，這種輕鬆、這種機動性、這種不成熟的魅力。我總有一天會走過去，但是妳永遠不可能走過來！

「咦？泡麵？嘿——真好！啊，你們該不會有熱水吧？」

北村終於抬起頭，看到熱水瓶升起的水蒸氣之後露出笑容。他手上拿著和昨天不一樣的便當盒，還有一個圓筒形的東西。

「太好了，可以給我一些熱水嗎？」

「……咦？嗯，當然可以。」

仔細一看便當盒之外的東西，發現是附有蓋子的保溫杯。走近的北村把褐色粉末倒進保溫杯裡說道：

「哎呀，幸好你們有熱水，真是幫了我大忙。祖母只寫了張字條：『應該有同學吃泡麵，向他們要些熱水吧。』突然幫我準備沖泡式杯湯。我還心想不可能，沒想到這麼巧你們就準備了熱開水。」

把熱水瓶裡剩下的熱水注入保溫杯裡，分量剛剛好。北村快手蓋上杯蓋：

「今天是三明治和洋蔥湯，正好適合一邊開會一邊吃。櫛枝，讓妳久等了，走吧。」

「嗯——！那麼待會兒見了，大河。」

「好——」大河悠哉揮手回應。実乃梨和北村一手拿著便當一起走出教室。

「我的還剩一分鐘。怎麼還不快一點。吶，竜兒……竜兒？」

「……」

「……怎麼搞的？你又跑到其他世界了嗎？你最近是怎麼了？」

「……」

「喂，我在叫你，泡麵好了喲，快點回神。」

「……」

「這傢伙沒救了。」

——不只是戰術被看穿，甚至還被反過來利用。

竜兒虛無的眼中點燃屈辱的火焰。這麼一來不是完全被對方玩弄於掌心之中嗎？還以為自己贏了，沒想到仍然無法超越小孩子水準嗎？不輸給任何人的家事技能，事實上只不過是在幫手的領域稱王嗎？

被狠狠玩弄一番之後，我今天還是輸了嗎？

「……我……我可……沒打算……到此結束……！」

好可怕。大河轉開視線。就算問他：「你和誰在對抗？」也得不到答案。

走正規管道無法致勝，只有破壞規矩力求勝利了。竜兒能夠選擇的路只有超越那條線，

而那條線就是——

烹飪。

沒錯，就是煮飯。

＊＊＊

「……這、這個味道是怎麼回事？誰這麼早就在吃便當？」

第四節課正是寂寞的單身，熟悉的導師戀窪百合（30）的英文課。結不了婚的戀窪停下

寫黑板的手轉過身，其他同學也在同時注意到「有股好吃的味道……」「肚子正好餓了。」開始騷動起來。

竜兒一直以為不會被發現，又或許是因為他太專注於求勝而看不見其他事。教室裡瀰漫一股勾引食慾的香氣，還發出「咻咻咻——」的奇怪聲響。握著粉筆的戀窪不解地偏頭：

「……電子鍋……？」

一下子就猜對聲音的真面目。「你看，果然會被發現！」嘴巴不停開闔的大河回頭看向竜兒。真的被發現了。

在2年C班教室後方現在正在煮飯。

今天早上比其他人都要早一步來到學校的竜兒將所有材料放進鍋中，連整個電子鍋一起帶到教室。他以其他物品當作屏障掩護，插上插頭設定時間，算準午休時間正好煮好。

既然便當贏不了，那就在教室裡烹飪——這是竜兒的想法。不過沒辦法把瓦斯爐帶來，只好靠一個電子鍋。

「一定會被發現的！」大河直到最後仍然表示反對。她說：「如果開始在午休時間烹飪，接下來你一定會連菜刀、砧板都帶到學校，思考再來要煎什麼、要煮什麼。在做了這種事之後，你會愈來愈無法收手。」

「不對，怎麼可能有電子鍋呢……可是……」

咻咻咻、咻咻咻！電子鍋煮得正開心，香菇飯的香味也愈發濃厚，愈來愈沒辦法掩飾。

戀窪放下粉筆由講台上環顧教室一周，接著——

「……不會吧……」

她發現不可能出現的水蒸氣。走下講台的她挪開遮蔽物，找到正在運作的電子鍋。

不對，還沒有完全被識破。「啥？電子鍋？」「真的假的？」「唔哇，真的！」置身在吵鬧的同學之中，竜兒縮起身子，混在喊著「咦——不敢相信！」「誰帶那種東西來啊？」的看熱鬧人群裡。電子鍋雖然被發現了，不過是自己帶來的這件事還沒被識破。知道的人只有大河。沒辦法，現在只能暫時裝作不知情等事情過去，之後再來慢慢重新計劃——

「高須同學……你為什麼要做這種事……」

「喔！」

冷不防被指名的竜兒不禁弄掉教科書。「啊哈哈，莫名其妙！」亞美率先爆笑出聲，其他同學彷彿受到她的牽引，紛紛跟著發笑。「你搞什麼啊，高須！」「居然在教室煮飯，超好笑的！」——轉頭看向竜兒的大河伸出兩根手指抵著額頭敬禮——任務失敗，祈禱你能夠生還。不是的，等一下。

「各位等等！老師也等一下！妳怎麼知道犯人是我？老師怎麼可以隨便誣陷學生？」

「……」

戀窪看著竜兒，一言不發地彎腰準備打開煮到一半的電子鍋蓋。

「啊——————！沒錯，我就是犯人！」

「……拔掉插頭。」

「可、可是飯還沒煮好……」

「不可以。不准在教室裡煮飯。拔掉插頭，然後直接帶回家。下課後到辦公室來，我有話要和你說。」

「怎麼可以煮到一半拔插頭……這、這種事我做不到……」

「加點水再煮一次就好了。這點老師也懂。好了，繼續上課！Open your text book!」

竜兒——輸家一個人搖搖晃晃離開座位，以顫抖的手指拔下電子鍋的插頭。北村悄悄回頭看向竜兒，以激動的語氣問道：

「……為什麼，高須！為什麼你要做這種事！」

竜兒沒辦法回答。違反規定輸掉比賽，並且逐出年長者大會的敗犬沒有什麼話好說，沉甸甸的失敗化為失去熱源而安靜下來的電子鍋，收在竜兒手中。

隔年春天多了一條校規：校內禁止烹飪。唯獨烹飪實習課、教職員許可的場合例外。

TIGER× TIGER!

「真是的，妳要懶散到什麼程度……我為什麼非得做這些事不可。」

高須竜兒不悅地低聲抱怨，表情卻是一臉危險的狂熱。

「……開什麼玩笑……」

舌頭舔過粗糙的薄唇，雙眼射出猶如斬人刀刃波紋一般的青光。臉頰突然失去孩子氣的圓潤，一陣一陣地抽搐。此刻的模樣就像準備舔過手中的柴刀，出門剝奪無辜人們的生命。只不過他手上握的不是柴刀，而是幾條私人內褲（已經穿過）。

不是緊身內褲，也不是四角短褲，而是柔軟的有機棉拳擊內褲。一件單價不算貴，不過以高須家的經濟狀況來看它們還是屬於高價品，是竜兒最心愛的寶貝。

他快手加以折好，悄悄塞進洗衣袋中，蹲在地上稍微轉身確認沒有其他人看到。

「……真是教人生氣……」

扔。

和其他待洗衣物丟在一起，快動作蓋上蓋子，按下開關。

「……氣死人……啊啊真是帥氣……」

他以恍惚神情撫摸最新款斜取滾筒式洗衣機的邊緣，掌心壓著帶有弧度的角落，這種令人愉快的時尚線條，不可能出現在高須家陽台上那台「姑且」算是全自動的過氣洗衣機身上。呵呵……想到心愛的內褲透過洗衣機的乾衣功能哄乾時的觸感，他忍不住發出竊笑。

他總是在等待機會。自從知道大河家高檔洗衣機洗好的衣服有多棒之後，他總是想像有一天要拿自己的內褲來洗，決定要趁著幫大河洗衣服時一起洗。

到了今天這個週日午後，機會終於來到。就在大河吃光竜兒做的午餐拉麵後滿足地瞇起眼睛，躺在高須家榻榻米上，竜兒跨過她的身體準備收拾碗盤時，大河主動抓著他的及膝短褲的褲腳說道：「要洗的衣服堆得跟山一樣，我自己洗不完。」

來了……心裡雖這麼想，一開始還是選擇拒絕：「妳至少自己的衣服要自己洗吧。只要放進洗衣機按下開關，其他全部交給洗衣機處理。」

大河當然不是那種叫她做就會做的人，愈是叫她去做，她就愈不想做，這就是掌中老虎逢坂大河。

有什麼關係，幫我做嘛，你不是很喜歡做家事嗎？我還買了高級衣物柔軟精讓你用喔。內衣褲我自己洗。好嘛，幫我洗嘛，幫我洗幫我洗——這對大河來說已經算是很有禮貌的要求方式。只不過她的小手粗魯地從下方拉扯竜兒的短褲，直到露出三分之一的屁股，還是不打算放手，繼續「幫我洗幫我洗幫我洗，幫我洗！」到了最後甚至狠狠拔下他的腿毛。

竜兒因為這股衝擊疼痛跪下。大河瞇著眼睛滿足地看著竜兒的反應，「呼！」吹飛手指上的腿毛，最後竜兒是以「我也是百般不願意、萬分不情願、不得不屈就於暴力」來到大河家洗衣服。

兩人的情誼在世人看來十分異常，不過他們卻是自得其樂。

「哼、哼、哼……♪」

竜兒哼著歌，腋下抱著空籃子從放置洗衣機的地方起身環顧四周，還希望能多三個音符表達自己的喜悅。這個空間很棒，與其他大樓不同，洗衣機不是擺在盥洗室。

更衣間有三個出入口通往走廊、大河的寢室，以及連接浴室的盥洗室，這個海外製造的洗衣機就位在更衣間角落。雖說是更衣間，但是大小和高須家客廳差不多。

這個擺放購物狂大河那些超高價衣服、包包等物品的空間，也經過竜兒完美的整頓。全是蕾絲的衣服好好掛上衣架，吊在桿子上；奢華的鞋子和柔軟材質的包包排滿收納架；毛巾、換洗寢具也像家飾店一樣按照顏色收納；吸塵器、紙拖把、抹布、預先做好的高須棒等也有規劃地擺在漂亮的馬口鐵水桶裡。

站在這個他最喜愛的空間裡，竜兒腳下寬廣的白色地板也在地板蠟的妝點下閃耀六個光芒，那是頭上照明的反射倒影——這個地板被竜兒打磨得有如鏡子一般。

啊啊……竜兒不禁呻吟。這棟大樓真好。這個品味真好。這種生活真好。一切都是高水準，都是高品質。自己雖然一輩子不可能過這種生活，但是只要保護自己最重要部分的內褲能夠在這裡洗得蓬鬆乾淨，該怎麼說——感覺就像是自己體內也沾染上高品質生活的精華。自己雖然絕不可能購買高級品，也沒機會搭乘進口車到處跑，但是竜兒相信真正的高品質就存在於內褲的觸感。

只要再過一會兒，就能品嘗到這種感覺——

「竜兒？衣服洗好了嗎？」

「……啊啊，喔。」

勉強把快要露出獰笑的臉恢復平常的模樣，竜兒抽搐著臉頰走出更衣間，打開玻璃門，踏入典雅水晶燈點綴的客廳。

「……妳……」

竜兒差點跌跤。

對高級生活的憧憬一下子完全破滅，他忍不住把空籃子罩在頭上。住在這棟高級大樓的大河對這一切全然無視，沒有坐像地把光溜溜的白腳伸在最近剛買的心愛腳凳上，半躺在沙發上啃著巨大的法式煎餅，沒有配茶。

有如繪本裡出現的公主穿著蓬鬆輕飄、層疊許多棉布蕾絲的菱紋格連身洋裝；帶點淡灰色的長髮描繪和緩的曲線，溢滿沙發的靠背；長睫毛每次眨動，略帶憂愁的影子就會落在大眼睛上；她的臉頰、喉嚨、手腕、腳踝全都透著牛奶色，只有花瓣似的嘴唇染上鮮豔的薔薇色，好像陷阱一般引人注目。

這名美少女擁有彷彿一碰就碎的細緻線條，但是──

「……嗯。」

喀！豪邁咬下比臉還大的半個法式煎餅，然後把另一半遞給竜兒，以全世界最懶惰的姿態，沒有一句「請。」或「吃吧。」只是高傲地動動下巴，彷彿就連看竜兒一眼都嫌浪費地把臉轉到一旁。

「嗯！」

遞出那個用嘴咬開的吃剩餅乾還不到一秒，卻已經充滿掩飾不了的焦慮。

「……妳……妳這傢伙……真是…………算了。」

竜兒無奈地嘆口氣放棄思考。現在才要教訓大河，就跟把米果埋進土裡唸著：「柿子啊，結出果實吧！」一樣徒勞無功。

大河這個舉動大概是為了回報竜兒幫忙洗衣服。竜兒感激地接下餅乾，在這個家的固定位子，也就是矮茶几和沙發之間的空隙坐下。可是那個地方已經滿是大河吃得到處掉的法式煎餅碎屑。

「啊──真是的，妳怎麼吃得到處都是。腳拿開，我要吸地板。」

竜兒本人絕對無法容忍這種事。長毛地毯本來就是跳蚤的溫床。竜兒原本想馬上起身，大河卻嘟起滿是餅乾屑的嘴巴，一腳踩著他的肩膀把他按回原處：

「囉唆……你就不能稍微冷靜一點坐好嗎？要我送你去管教中心嗎？人家難得能夠悠閒放鬆，你為什麼每次都這麼急急忙忙？就是這樣你才惹人厭。好了好了，衣服洗好前你就乖乖吃餅乾，這樣應該可以暫時安靜吧。」

拿去。大河以一副了不起的樣子，把原本抱在懷中的餅乾盒放在矮茶几上，抱住旁邊的玩偶。那是比貓稍微小一點的Q版開口老虎娃娃，以四腳站立的姿勢滾進大河懷中。竜兒記得看過那個黃色的玩偶。

「啊，那是前陣子川嶋她們給妳的那個？」

「嗯。雖然我不喜歡那傢伙，不過滿喜歡這個。這個可以這樣子當枕頭，剛剛好喔。我常常這樣直接睡著。」

大河像小孩子一樣抱著老虎，用臉頰摩擦老虎的背，把臉湊近用來代替枕頭，在沙發上蜷起身子，以鼻子磨蹭化學纖維製造的玩偶絨毛，幸福地咬上一口。

「……沒想到妳這傢伙會喜歡玩偶。」

「基本上不太喜歡，懶得收拾，不過這傢伙既然來到家裡……其實我原本一直想養貓，想要像這樣享受貓柔軟的感覺，可是我對貓嚴重過敏，所以一輩子都沒辦法養貓。現在至少有這隻讓我嘗試一下養寵物的滋味。這種觸感實在無法抗拒……」

嘿嘿嘿。大河懶洋洋抬起下巴，以這個姿勢又咬了一口法式煎餅，然後當然——

「啊啊，真是沒規矩！」

「……啊。」

她喜歡的可愛老虎玩偶身上滿是餅乾碎片。大河起身想要直接用手拍掉。

「對了，還來得及洗吧？」

不曉得她想到什麼，一手抓著玩偶快速起身大步走出客廳。不妙，竜兒的內褲此刻正在洗衣機裡等著染上高品質生活的精華。竜兒慌忙追上：

「喂、喂喂，怎麼回事？妳要做什麼！」

「我想順便一起洗。」

還來不及加以阻止，大河已經把當成枕頭使用的玩偶扔進洗衣機裡，接著什麼也沒發現就關上蓋子，斜取滾筒式洗衣機繼續洗衣。

「怎麼？玩偶可以用洗衣機洗吧？你幹嘛那副表情？」

「……呃……沒什麼……」

——幸好沒被發現，太好了，可是。

直到剛才為止還包裹著我的寶貝、剛脫下來的熱騰騰內褲，和妳每天磨蹭臉頰、啃咬的可愛老虎玩偶，此刻正一起在髒水裡激烈攪和，吸收彼此的高濃縮精華喔——這番話教他怎麼說得出口。

那隻老虎來到大河家裡，是上星期某天早上的事。

「……這是什麼？」

敲醒一如往常賴床的大河，兩人帶著便當跑在公園旁的人行道上，來到一如往常的路口，「慢死了！」等待他們的実乃梨十分焦急。竜兒今天也同樣因為実乃梨早晨第一抹笑容心動不已。大河和実乃梨親密地走在一起，竜兒跟在身後，抵達一如往常的教室。

大河桌上出現變化。

「高須同學早～～♡実乃梨也早♡」

川嶋亞美以可愛的粗魯模樣坐在大河桌上，脖子微傾，小手在胸前擺動，臉上滿是彷彿鮮奶油蛋糕的甜蜜笑容。所有人的目光都被她吸引。這名美少女彷彿剛從蛋裡孵化的天使一樣純潔，而她的鼻子——

「痛痛痛痛！」

「……誰准許妳的臭屁股坐在我的桌上了？」

大河從正下方狠狠推擠她的鼻子。滾下桌子差點窒息的亞美沒有就此認輸：

「……討厭～～啦！都怪妳長那麼嬌小，害我完全沒注意到～～！什麼嘛，原來妳也在啊！小不點老虎也早、安、啊！嗯？咦咦？怪了，怎麼人又不見了～～？好奇怪喔～～到底跑哪裡去了～長得太小隻，亞美美的眼睛看不到喔～～」

哎呀！原來在這裡啊～她以鼻音發出嬌嗔，像拿著保齡球一樣抓住大河的腦袋，然後下一秒——

「唔咕！」

「……別小看我，蠢蛋吉娃娃……」

亞美的肝臟吃了憤怒老虎的一記重擊。知名的專業美少女亞美搖搖晃晃跪下。

「各位確定了嗎？確定了嗎？……獲勝的是——大河！」

実乃梨高高舉起大河的手，「喔喔……」四周發出掌聲。今天果然還是大河獲勝。

話雖如此，奇怪的變化並不是指亞美坐在大河的桌上。

「……真是的，這是什麼？」

臉上帶著不解表情的大河，雙手拿起桌上的神祕紙包。那個大小正好能用兩手抓住。

「好輕喔，裡面是什麼？誰放的？」

那個東西輕巧到接手的竜兒也能輕易拋著玩。這時候現身的是——

「亞美要不要緊？站得起來嗎？肝臟沒事吧？」

「振作一點，抓住我們。」

早上八點就塗著漂亮睫毛膏的2年C班可愛軍團之一．木原麻耶，以及同屬可愛軍團成員，也是麻耶的好朋友，嘴邊的痣與下垂的眼角帶有不像高中生的女人味——香椎奈奈子。

「麻耶、奈奈子……」

軍團首領亞美靠著兩人總算站起，惡狠狠地瞪向大河。妳的眼神太囂張了。大河伸出兩隻指頭準備戳瞎她的眼睛。這個時候——

「好了好了，老虎。那個東西是我們送妳的禮物。」

麻耶站出來保護亞美，勉強制止大河的動作。

「……禮物？」

「是啊。不好意思，高須同學。」

因為透明唇蜜而發光的嘴唇微微綻出笑容，奈奈子再次把那個紙包塞進大河手中：

「昨天和亞美、麻耶三人在車站大樓樓下喝茶，那裡有個遊樂場，幾個從裡面出來的大學男生向我們搭訕。我們拒絕他們之後，他們說聲：『至少把這個當作我們認識的紀念。』就把在夾娃娃機夾到的這個送給我們。我們一看到的瞬間就想到妳……」

「沒錯沒錯，這個絕對要送給妳才行。打開看看嘛。」

不悅的大河仰望麻耶的笑容，猶豫著不曉得該拿手上的紙包怎麼辦，過了一會兒才動手拆開用膠帶固定的包裝紙。麻耶和奈奈子面帶微笑，亞美則是不屑地以稍微露出本性的眼神看著大河的動作。

竜兒一直覺得奇怪，為什麼大河意外地受到女孩子疼愛。她明明是個不分男女都會狠狠咬上去的危險生物。

包裝紙終於打開，裡面包的東西是——

「……掌中……」

「……老虎……」

不知道是誰的喃喃自語，真是一語中的。大河抓著那個東西，表情複雜地直盯著看。以四腳站立的Q版條紋花樣黃色身體、張大的紅色嘴巴，有點呆呆的樣子又有幾分可愛。在大河手掌上的那東西此刻好像「喵——」地吼叫，但是那的確是老虎。

也就是正牌的掌中老虎……不是大河的綽號，而是吻合那個綽號的東西。

「呀啊——！果然很可愛！超～～可愛～～！奈奈子，用手機幫我拍幫我拍，老虎拿著這個，果然很可愛～～～～！」

興奮不已的麻耶撲上大河，抱著她的肩膀擺出V字手勢。奈奈子也開心地拿出手機：

「下一個換我。嗯，好可愛。好可愛好可愛好可愛。超級可愛的，真糟糕。」

興奮到甚至忘了平常的穩重模樣。其他女同學們也不斷喊著：「好、可、愛～～！」手捧著掌中老虎玩偶的掌中老虎嬌小的樣子萌到讓人受不了，除了可愛再也沒有其他話語可以

形容，只能不斷開心尖叫。

連実乃梨也跟著湊熱鬧：

「不對不對，要抱緊一點！不對，啊啊對了！啊啊不對，還是要這樣！那邊好！很好很好太棒了！啊啊很好很好、很好不好很好不好，太好了不好！這個惡魔啊——！嗟——！我不行了——！」

摟著大河的她即使被麻耶嫌棄：「櫛枝，叫妳別進來！」仍把臉貼近大河的臉頰，幾乎就快舔上去了。

眼見女孩子開始拍照，男孩子們也在遠處觀望。竜兒不禁感到十分害怕。女孩子……女孩子真是……

「……不甘心……人家如果抱著那個玩偶也很可愛……人家絕對絕對比較可愛……」

怨恨！呻吟聲來自掩飾不了黑暗氣息的亞美。

竜兒也若無其事地和亞美保持距離。他能做的只有保持沉默。女孩子這種生物為什麼一看到「可愛」的東西就會吵成這樣？然後隱約了解大河受到女生喜歡的原因。主要是她們認為大河和玩偶或小動物等東西一樣「可愛」所以才會受到大家喜愛。

「呀——好可愛的掌中老虎！」

「好可愛好可愛，呀啊——超可愛的掌中老虎！」

「掌中老虎ｏｎ掌中老虎！」

「吵……吵死了！」

受不了被包圍的大河不耐煩地用力搖頭：

「蠢蛋吉！妳給我記住！」

她把掌中老虎玩偶用力朝亞美臉上丟去，正中那張美麗的臉蛋，「噗！」亞美往後仰。

「妳搞什……嗯？」

做作女的假面具差點拆穿。亞美盯著擊中臉頰的掌中老虎玩偶沉默不語。「咦？奇怪？」

她以天真的姿勢偏著頭，再次把手中的玩偶貼上自己的臉頰，停留數秒：

「……呀啊～嗯♡這個貼在臉上的感覺超療癒的～♡」

她的臉頰染上鮮明的桃紅色，扭動纖細的腰身。「我想變成玩偶……」「我也是……」

甚至在大河抱著玩偶時不太出聲的男生也開口了。

「咦，什麼？也讓我試試。」

亞美把掌中老虎玩偶的肚子部分貼上麻耶的臉頰。麻耶也停止動作：

「……真的耶～！好療癒喔～！快點快點，奈奈子也試試！」

「是嗎？嗯……哇啊，真的，出現療癒光波了……老虎也試試。」

「噗！」

奈奈子把掌中老虎玩偶一把貼在大河臉上。如果是竜兒動手，早就被判處死刑了。沒想到大河居然乖乖地一動也不動，然後深呼吸幾次，旁人看來情況似乎不太妙——

「……噗哈！這是怎麼回事……好、舒服喔……」

對吧對吧對吧！呀啊！我也要！我也要！女生們一個個開始陷入奇怪的遊戲當中。導師戀窪（單身）早就站在講台上低頭看著這片奇怪的景象：「我們班是怎麼回事？這是怎麼搞的？這很不妙，絕對不妙。最近的小孩好恐怖。」但是沒人注意。

「洗好了洗好了，哇啊——好鬆軟！」

……經過了這麼多事，現在已是大河心愛寶貝的掌中老虎熱呼呼地回到平坦的胸前。大河馬上把臉頰貼上、用鼻子頂著，充分享受玩偶的觸感，還咬了玩偶的耳朵。

「嗯？怎麼？你為什麼露出那副表情？」

「……沒什麼……」

「你也想要蓬鬆一下嗎？雖然我很不願意，不過還是可以借你一秒鐘喔？」

不了，不用了。真的不用。竜兒抱著無法說出口的想法，悄悄取出自己的內褲藏在背後。一旦被發現肯定會被殺掉，絕對會被殺掉。

不知情對雙方來說都是幸福——絕對是這樣。因此竜兒決定一輩子守住這份幸福。

TIGER×DRAGON!的星期日

某個悠閒的星期日早上十點。

「吃飯——————！」

高須竜兒朝著向南的昏暗窗子大喊。昏暗的原因不是天氣的關係，而是那棟緊鄰隔壁、充滿壓迫感的高級大樓擋住日光所造成。過不了一會兒就聽見大步走上鐵梯的粗魯腳步聲，接著沒有按鈴也沒有敲門——

「一大早就吵死人了！不用叫那麼大聲我也聽得見！」

玄關的老舊鐵門猛力一開，幾乎要連蝶形鉸鍊一起扯下。

一邊聽著玄關處脫鞋子的聲音，竜兒一邊把剛煮好的白飯裝進老虎圖案的飯碗。今天早上是菠菜油豆腐味噌湯。正把那些食物端到擺好筷子的矮飯桌時——

「我的名字不叫『吃飯』！附近鄰居會聽見吧！真是丟臉死了！」

逢坂大河一屁股坐在專用座墊上。嬌小的身體，以及令人想到水嫩薔薇蓓蕾的精緻美貌，當成家居服使用的純棉連身洋裝穿在她的身上無比適合，略帶灰色的淺褐色微卷長髮垂落腰際的模樣，使她看來就是個超級美少女，但是——

「啊——還是好想睡……給我茶——！」

「……」

「……怎麼？你那眼神是怎麼回事？」

「……沒什麼，只是我再次覺得妳這個女人真粗魯……」

「啥？一大早就要找我吵架嗎？話先說在前面，我才剛起床，直到十分鐘前都還在夢鄉中，怎麼可能對你好聲好氣！我連臉都還沒洗！」

大河氣呼呼的傲慢發言，毫不隱瞞那些不合理的不悅，凶暴凶惡的她唯我獨尊，尺寸嬌小腕力卻超乎常人想像，人稱「掌中老虎」。話說回來，竜兒的臉也不輸給她。回看大河的三角眼像刀刃一般瞇起高吊，射出一般人遠遠不及的流氓光芒……話雖如此，那張臉也只不過是遺傳。

「真是的，好聲好氣就免了，至少茶應該自己倒。先去洗臉！」

嘴裡雖不停抱怨，竜兒還是替有起床氣的大河泡茶。他已經近乎自暴自棄了，與其繼續和大河無意義地爭論下去，還不如快點泡茶，才不會浪費時間、體力和精神。

「早～……安～……唷喔喔喔～……」

「喔。怎麼回事，妳可以繼續睡啊。」

紙拉門緩緩打開，竜兒的親生母親泰子邊吐出酒臭味邊現身。她靠著酒店公關的工作一個人扶養兒子，因此泰子回到家的時間最快往往也是凌晨三點過後。現在這個時間應該還可以再睡一下子。

「因為泰泰聞到好香的味道～……大河妹妹早～」

揉揉眼睛。「早——」大河也乖乖回應高須家一家之主的泰子。泰子爬到座墊上坐好：

「啊，早餐是烤竹莢魚～！泰泰最愛竹莢魚！」

此刻仍然睡眼惺忪的泰子抖動充滿彈性的巨乳，鼓著沒有化妝的娃娃臉微笑。因為染燙有些乾燥的長髮垂在胸前，漂亮的珍珠白長指甲充滿與年齡相符的女人味。這位與兒子長得完全不像的母親在鄰居之間也以「奇蹟的三十歲蘿莉」聞名。

就這樣一家人終於聚在一起（其中混雜一名ＤＮＡ沒有關係的傢伙）。竜兒也坐上座墊，有點沒規矩還是打開電視，三個人圍在餐桌前一起喊：「開動！」味噌湯、烤竹莢魚加上昨天剩的炒牛蒡絲，替簡單又正規的早餐時間揭開序幕。

今天早上的竹莢魚肉質肥厚，在烤魚時就不斷溢出油脂。竜兒也湧出高中生該有的食慾，興奮地朝魚伸出筷子。很不巧地，這時候正好有人敲門。

大河當然繼續喝著味噌湯無視來者，泰子也專注在竹莢魚上。沒辦法，竜兒只好對逐漸冷掉的竹莢魚說聲：「等我一下……」起身去替不會看情況的客人開門。

「來了來了，哪——」

「幫我開門讓我進去一下。」

竜兒吞下沒說完的話忍不住顫抖。「嘿咻！」一聲踏進玄關的人，是今年七十歲的房東。駝背的她依然很健康，就住在高須家的正下方，主要武器是掃帚。只要樓上太吵，她就會用掃帚柄敲打天花板。隔天拿著同一支掃帚打掃馬路，並且大多是找泰子抱怨。

「啊、呃，有事嗎……？」

「這個給你們，鄉下寄來的。」

「謝、謝謝……經常麻煩妳了。」

竜兒接過沉甸甸的塑膠袋——袋子裡裝滿馬鈴薯、白蘿蔔等漂亮蔬菜。既然收下這個，不管現在是不是早餐時間，自然沒理由阻擋房東進門的腳步。

雖說房東把房子租給竜兒他們，感覺上她還是把二樓當成自己的家。房東大步走進屋裡，發現泰子和大河正在吃竹莢魚。泰子靈巧地用筷子一口氣拉開竹莢魚骨，下一秒鐘——

「啊……房、房東太太……」

「真難得妳會在還有太陽的時間醒來。」

「我、我平常都是中午時間起床……」

「兩三點不叫中午，已經是傍晚了。還有妳那樣會造成我的困擾。」

「耶……什麼事……？」

「上個月的房租。我說過月底如果碰到星期六，必須在星期五之前入帳。」

「對、對不起……我去了銀行，但是正好沒趕上……」

「真是的……好歹妳也是做生意的，別那麼懶散行嗎？」

竜兒經常覺得既然房東就住在正下方，房租沒必要特地用轉帳的。但是關於這點，房東總是會說：「我出租的房子不只一間，再說要我這個老人家住處擺放收來的現金也很困擾。」既然她都這麼說了，竜兒也無話可說。

房東坐在竜兒的座墊上，看著面前的烤竹莢魚：

「喔，這個竹莢魚看起來真好吃。我老人家一個人住，早餐就是早上六點吃點稀飯打發一下……」

「……如、如果妳不嫌棄……」

「啊，可以嗎？真是不好意思。」

話還沒說完，房東已經接過竜兒遞來的客人用筷子，把厚厚的魚肉和魚皮、骨頭分開，和剛煮好的白飯一同入口。配著炒牛蒡絲又吃一口飯，然後喝口味噌湯。「啊～～真好吃。」心滿意足地說出這句話，慢慢將竜兒的早餐吃個精光，同時還不忘對泰子說道：

「我說妳啊，當酒店公關也不壞，但總不是長久之計吧？」

又對大河說：

「妳也是，老是要來就來，總是待在這裡……等一下遇到什麼奇怪的事可就糟了。妳沒做什麼奇怪的事吧？」

「奇怪的事是什麼？」也不理會大河的問題，只是滿足地吃著早餐。

竜兒無處可站，只好待在廚房。聳聳肩——反正經常這樣。這就是他們平常的生活。難得泰子早起，等一下三個人一起去須藤吧吃奶油土司吧。星期日偶爾這樣也不錯。雖說他還是有點捨不得竹莢魚。

「吶，我說你啊，竜兒。」

房東的矛頭突然轉向竜兒。

「你可不能和這個女孩子結婚。她完全不懂工作的辛苦。」

大河和竜兒幾乎同時開口：「誰要和他（她）結婚啊！」房東當然還是沒聽進耳裡。

歡迎光臨DRAGON食堂

「歡迎光臨。」

微笑！

「決定好要點什麼了嗎？」

微笑！

「還合您的口味嗎？」

微笑微笑！

「謝謝光臨，歡迎再度光臨……喔，完美。」

笑～～～！高須竜兒咧嘴露出門牙施展致勝關鍵的一笑，朝著鏡子展現滿臉笑容。

「……唉～～……」

一轉眼又變得陰鬱。他弄濕自己的手，隨便把花了十五分鐘撥下來的瀏海往上撥。不管他露出什麼笑容、待客多麼有禮貌、如何由衷開朗問候、是否費心設法在髮型上製造溫柔印象、仔細剃掉鬍子、保持全身乾淨，或是推出高蛋白質、低卡路里的健康商業午餐，以及不造成胃部負擔的精力商業午餐！不管他做了什麼！

結果！

「……還是不行……可惡……」

——這就是結論。

倒映在鏡子裡的臉，彷彿身穿GUCCI西裝、踹開賓士車門現身，打破老夫婦經營的小咖啡廳玻璃一邊怪叫一邊闖入，還不忘趁亂用力捏逃跑的女客人屁股一把的小混混。手上的武士刀與臉上的太陽眼鏡閃耀光芒：「喂喂，什麼時候要還錢～～？我說老頭子，你那麼想喝用老太婆熬出的湯嗎～～？我來做給你喝吧～～？嗯～～？用味噌調味喔～～？」從狂暴閃電般的三角眼流露濃濃的暴虐，拿著手機催討因為可怕的高利貸而膨脹的債務金額……怎麼看都像是從事這類工作的人。

又嘆了幾口氣，竜兒拿起抹布俐落擦乾噴在洗手台上的水，連鏡子也擦得發亮。高須竜兒，二十七歲，映在鏡子裡的臉已經是堂堂的成年男人。消瘦的臉頰顯得十分冷酷，三角眼的眼白閃動危險光芒，讓人聯想到爬蟲類。低頭抬眼是「你有啥意見！」抬頭往下看是「喂，不爽嗎！」說得極端一點，就是長相很可怕。更進一步來說，眼神也很可怕。說得清楚一點就是流氓長相，適合出現在派出所的「通緝專刊」上。

「……我還以為變成大人之後，長相會穩重一些……」

竜兒一個人難過地自言自語，拿另一條抹布把積在牙刷架下的水也擦拭乾淨，結束每天早晨固定要做的詛咒儀式——詛咒只有自家泰子看得到的可怕容貌。剩下三十分鐘就要開店了，準備好今天採購的午餐材料之後，把配菜豆子倒進容器……腦裡演練工作的步驟，還是無法把那些聲音趕出腦袋——那是昨天發生的事。

「這間是流氓開的店！」

那是正要往補習班去的無辜小學生，以還沒有變聲的聲音說的話。時間正好是中午營業時間結束，正要準備晚上開店的休息時間。腳穿拖鞋拿著掃帚出來準備打掃門前馬路的竜兒，被小孩子單純的話語刺傷。

「啊！流氓出來了！好可怕！快逃！」

一群精神奕奕的小孩子背著知名補習班的N字設計後背書包，「啪躂啪躂！」跑開。男孩子活潑很正常。如果這是正義感的表現，那也很可靠。「流氓出來了，一決勝負吧。」幸好他們不是這麼說。問題是就算弄錯我的本行，也不應該說出那些話，你們的父母親要多加管教……竜兒的腦袋裡甚至想到這些事。即使如此，他的心此刻還是再度遭到扯裂。

雖然早有自知之明。自從開了自己的定食屋後，附近的人一直稱呼他的店是「流氓的店」這他從很早以前就知道了。竜兒從幼稚園時就對自己的長相有自知之明，也自認為不適合從事服務業。

即便如此，他還是選擇辭掉上班族，實現開店的夢想，因為他相信「只要客人吃過，一定能夠明瞭」。只要懂得味道、只要願意親眼確認他對定食真摯的態度，就不會有人在意他

的長相。然而——

「……被說是流氓開的店，結果客人根本不願意進來，也沒有機會讓他們品嚐……」

——目前的他愈來愈窮，心靈和錢包滿是破洞。他雖然灰心喪志地認輸，店還是非開不可。沒錯，因為並非一位客人也沒有，為了那些少數理解他的人，今天也要華麗揮舞鑄鐵平底鍋。

竜兒深呼吸替自己打氣，離開盥洗室。光腳踏進鋪著木板的走廊走向廚房，快速清理狹窄租屋的客廳。明明是上午十一點，屋內卻有些昏暗，這都要怪十年前隔壁蓋了那棟專為有錢人設計的豪華大樓。自從那棟大樓落成以來，再也沒有陽光照進這間租屋。要不是以大幅降低房租做為喪失日照權的交換，竜兒早就搬家了。不過話雖如此，多虧竜兒平日的清潔整理，這間屋子本身倒是很乾淨。散落一地的東西全部屬於清晨返家的親生母親所有。快動作清洗喝了一半亂擺的水杯，撿起卸妝油瓶子和梳子後，走進隔著紙拉門的母親房間裡：

「喂，這些東西要好好收好。」

「……喵～～」

「扔在那邊到時候又要嚷著不見了、找不到。」

「……唔喵喵～～」

那個彷彿刻意避開棉被、在榻榻米上躺成大字不斷扭動的生物，就是竜兒的母親。雖說現在是初春，但是早上還是很冷。只見她穿著一套兒子高中時代的運動服，發出充滿酒臭味的鼾聲，並且發出喵喵叫聲。

「……真是的……喂，把被子蓋上，我要去開店了。」

「嗯喵～～……小竜……」

「喔，怎麼？」

「泰泰啊，那個～～……青花魚……」

「我知道，我會預留一人份的味噌青花魚套餐。」

微笑的睡臉鼓鼓的，就像是天真無邪的幼兒。牛奶色的柔滑肌膚，加上睡著之後更顯稚嫩的娃娃臉，以及甜美高頻的聲調，搭配與外表不相稱的鮮紅色長指甲和散落榻榻米上的脫色捲髮，流露豔麗的「夜之女」味道。沒錯，她就是受僱於這個城鎮上唯一一家小酒吧「吉祥天國」的媽媽桑「露宇魔」（永遠的23歲），本名是高須泰子。和竜兒站在一起怎麼看都像是流氓以及被他欺騙的年輕女公關，不過事實上他們是從上班族改行開定食屋的兒子，及從事陪酒工作支撐母子兩人家庭經濟的親生母親（44歲）。真是令人敬畏。

如果我的長相和這個蘿莉臉母親一樣，人生或許會一帆風順——竜兒替母親蓋上被子。他總是這麼認為，但是這張臉是來自於那位打從出生從未沒見過的父親。竜兒只見過照片，有人說他死了，也有人說他還活著，甚至說他逃避責任等眾說紛紜。從照片上看來，父親恐

怕真的是屬於另一個社會的人。

「……啊，不妙，必須餵『長老』吃飯……」

此刻的竜兒沒有閒工夫再對不曾見過的父親抱怨關於遺傳的事。重振陷入無聊思緒的心情，竜兒悄悄關上母親房間的紙拉門。

「小鸚……『長老』～……希望你今天還活著……」

走近窗邊的鳥籠掀開蓋布。

「喔，還活著！還活著！」

「唔……喔……唔唔唔……嘟～……唔……！」

附近的獸醫院暱稱「長老」的這隻鸚鵡，正是竜兒的寶物。牠是長壽到教人吃驚的寵物鸚鵡「小鸚」。輕鬆突破平均壽命到全身光溜溜，彷彿得意地像世人展現身上一顆顆凸起的模樣。但是皮膚衰老不堪，到處都是看似發霉的斑點。雙腳固定成螃蟹腳姿勢，有如枯枝不停顫抖。幼鳥時代就已斜視的眼球已經全白，透出黑色的血管。腐敗屍體顏色的喙子張開露出舌頭，起泡的濃濁口水滴落胸前。

儘管如此牠還是活著。光是活著就是件了不起的事。

「怎麼這麼可愛……還活著……要不要吃菜菜？」

「咕唔……嘎……」

「這樣啊。」

竜兒以有如刀刃的銳利視線看著醜鸚鵡點頭。他當然不是在想：快點死一死、超越時空吧，醜八怪！他對這隻意外長壽的寵物小鸚可以說是愛不釋手。竜兒快步走回廚房取來青菜最好的部分，用曬衣夾固定在籠子上。看著拖著衰老身軀的小鸚朝青菜伸出喙子，一邊輕輕更換鋪在籠子底下的報紙，也換上新鮮的水。這樣就好，剩下的就是祈求小鸚別在開店之時死掉。他在窗前跪下並且低頭：

「……神啊……希望小鸚能夠在我的手中迎接最後一刻……」

他交叉手指真摯祈求，但是這些希望搞不好在傳到天上之前，就先被隔壁大樓擋住。沒辦法，只能期盼想法能夠實現。

好——竜兒起身洗手，重新打起精神，換上乾淨的灰色T恤，套上漿得筆直的樸素圍裙，戴上深藍色帽子防止頭髮掉落。到此著裝完畢。他只帶著鑰匙和手機，穿上一塵不染的防滑工作鞋，走出破舊的玄關。就在這時候——

「喔，好刺眼！」

竜兒瞇起不習慣光線的眼睛。四月的晴朗天空正藍，閃耀的空氣清爽涼快，某處的櫻花帶來春天的味道。真是舒服的一天。昨日的乳臭未乾小……元氣男孩的發言隨著清爽的一陣風不知去向。

他愉快踩響生鏽的鐵樓梯快步往下。那個有點囉唆的房東還住在一樓時，他總是要小心翼翼避免發出聲音，現在他可以堂堂正正下樓梯了。

「今天也要加油，目標是脫離赤字！」

還可以心血來潮地自言自語。因為房東已經過世了——

……當然不是，而是她年事已高，已經住到養老院了。於是一樓住家因此空了下來。房東三年前說過：「如果你願意租下來，還可以隨意改裝。你們如果要搬走，我就把這裡整成空地當作停車場。」當時還是上班族的竜兒聽到這番話，一時心血來潮，用存款去念料理專門學校，取得廚師資格，借錢進行改裝，然後——

「喔，來了來了！早啊，高須！」

「喔！怎麼了，北村，你幾時來的？研究所的課呢？」

「今天……總之今天也有空，所以我過來幫忙。」

——竜兒開定食屋的夢想終於在居住多年的租屋一樓實現。

幫忙拉開鐵捲門的是住在附近的高中男校時期好友．北村祐作。十五歲起就不曾改變的銀框眼鏡，加上只能說是少爺頭的認真髮型，一身UNIQLO襯衫加上棉質長褲的固定風格。但是輪廓意外工整，肌膚也因為日曬顯得黝黑。立志成為考古學家的他，不分國內外與季節，只要哪裡有洞可以挖，他就會帶著一件T恤跑去。與做生意的竜兒相比，北村的人生屬於正統的學院派，而他是竜兒一輩子的好友。

兩人並肩彎腰抓住鐵捲門。

「學校今天放假嗎？你的摩托車停在哪裡？」

「那邊後面。不是放假，不過我有空。文學院的博士後進修就是這麼回事。上個月突然和文化人類學研究室有個共同田野調查，才剛辛苦過一陣子。」

「啊啊，這樣啊。你之前說過去哪裡？埃及？」

「不是，是卡拉哈迪沙漠……預——備。」

「推！」

喀啦喀啦喀啦！只有這個聲音格外響亮，「DRAGON食堂」今天也會開門營業。

＊＊＊

「歡迎光臨～！啊啊，什麼嘛，原來是櫛枝。」

「咦？北村同學。話說回來『什麼嘛』是什麼意思？我好歹也是客人。今天吃什麼好呢？有薑汁豬肉、味噌青花魚、扇貝青蔥和風義大利麵三種選擇……唔喔喔，好猶豫，每個都看起來好好吃……好！就決定是你了！我要A餐！」

「收到！高須，一份A餐！高須？」

抖個不停……此刻在廚房裡，竜兒切蔥的手正在顫抖。不能這樣——他搖搖晃晃靠著擦得光亮的不鏽鋼冰箱拉門，把臉貼在上面，把身體交給這個從國一時就憧憬擁有的世界級品牌HOSHIZAKI，藉此降溫。

臉好燙……他不禁感到焦慮。都已經二十七歲還會臉紅，真難為情。

「喂——高須，聽到我說的話嗎？櫛枝要A餐。還有吧？」

「……啊、啊、啊……有。」

當然還有，現在剛過正午，只有四位客人光顧，其中三位早已買單，店裡只剩下她一名客人。冷靜冷靜——竜兒不斷這麼告訴自己，拿出浸在醬汁裡，用來做薑汁豬肉的豬肉，攤開擺進熱過的平底鍋。輕微的油爆聲讓他逐漸找回平靜。他努力將快要露出笑容的臉孔保持冷漠。

啊啊——她今天也來光顧了！

「北村同學，不用去學校嗎？今天蹺課？」

「才不是蹺課，是沒必要出席。」

「什麼意思？你乾脆直接在這家店打工算了。」

「真是個好主意。高須——你說好不好——？」

從客人的座位傳來北村的叫聲。

「不需要！」

竜兒一邊看著豬肉一邊回答。哇啊、感覺自己好像也參與他們的對話……女孩子聽見竜兒的回答之後微笑對北村說聲：「被拒絕了。」並且接著說道：

「我覺得我比北村同學好用喔！從高中時期到出社會工作為止，我一直都在當服務生。僱用我如何，店長？」

或許是因為沒有其他客人，所以女孩隨意從櫃台探出上半身，對著廚房裡的竜兒說話。竜兒勉強掩飾自己的顫抖：

「妳會被油噴到，快回座位坐好。」

竜兒說得有些僵硬。「嘿嘿嘿！」女孩露出有如向日葵的燦爛笑容。對，她是北村大學時期的社團（壘球社）夥伴，現在是附近小公司的ＯＬ。這家店剛開幕時跟著北村一起過來，那是竜兒與她的第一次見面。之後她幾乎每天中午都會光顧，成了店裡的常客。

櫛枝実乃梨——記得應該和自己同年。無憂無慮的開朗笑容、滑潤的桃色圓臉頰，以及蘊藏力量的晶亮雙眼，簡直像是耀眼的太陽。自從第一次見面起，実乃梨就絲毫不在意竜兒的長相恐怖，吃了他做的菜睜大眼睛大喊：「好吃！我喜歡！」以閃亮耀眼的能量照耀竜兒，讓在赤字邊緣經營生意、快要精神崩潰的竜兒得到救贖，就此喜歡上実乃梨。実乃梨真的是女神。姑且不提戀愛方面的事，目前店裡少數幾位常客裡，有些甚至是実乃梨帶來的。

如果能夠娶到這樣的女孩子一起開店，不知道會有多幸福——不，不能太過奢求，先不提這間負債累累的破店，只要她和我結婚——不對不對，只要她願意和我交往——當朋友也好，至少是能夠兩人單獨外出的交情………假如她不和其他人結婚，那麼……

「啊，說到打工，前陣子你發過募集打工人員的傳單吧？那件事後來怎麼樣了？」

「……只有一個人來應徵，不過我拒絕了。」

「只有一個人，該不會就是這個吧？我看看。喔，戀窪小姐……女性……單身……」

北村隨手拿起粗心擺在櫃檯的履歷表。竜兒發現連忙搶回來：

「喂、喂！這是個人隱私！」

「對喔，抱歉……為什麼要拒絕？這不是找到理想女性打工人員的機會嗎？」

「因為已經超過四十歲。一到這個年紀，女人多半會對料理有莫名其妙的堅持，到時候什麼都要干涉，我反而難做事。」

「會嗎？」

「她的興趣是做菜和點心，特殊技能是英語會話……這種似乎很麻煩。」

「啊——……」

抱歉了。竜兒把還沒面試就被刷掉的單身女子履歷重新收回信封，準備晚點送進碎紙機。薑汁豬肉正好完成，竜兒以流暢的動作把肉移到鋪有高麗菜絲的盤子上，用平底鍋裡剩下的油加熱水菜，再把翠綠的葉子放在肉上面就完成了。

「……櫛、櫛枝，妳要白飯還是糙米？」

「我要糙米！還要撒芝麻！」

「……喔，好。」

竜兒照著実乃梨的要求在糙米飯撒上許多芝麻，和味噌湯一起擺在端盤上，加上豆子和醬菜的小碟子交給北村，讓他端到実乃梨面前。下一秒——

「喔哇！今天看起來也超好吃的！」

実乃梨的眼睛閃亮到彷彿能夠聽到聲音。她馬上大喊：「開動！」充滿活力的聲音響徹白色基調的店裡。

屋頂看得見冷氣管線和空調裸露在外，這麼做可以讓空間看來高一點，店內還掛著彩色玻璃製懸吊筒燈。竜兒希望做到「無論男女老幼或是一個人都能踏進來」因此將裝潢風格整合成簡單又休閒。在這樣的店內，実乃梨魄力十足吃著薑汁豬肉的模樣顯得更加爽朗，閃耀著豪邁的光輝。

說到豪邁，実乃梨的朋友今天——就在竜兒的注意力稍微離開実乃梨的下一秒。

砰！

店門猛然打開。蝶形鉸鍊發出粗暴的聲音！竜兒抬起頭，不由得說不出話。

出現的那個人——

「……」

往右邊一瞪看著竜兒——

「……嘖！」

彷彿用冰冷刀子挖出心臟的犀利咂舌。

竜兒屏息的同時，她又往左邊一看，發現実乃梨。

「找到了！小実！」

「唷！大河！」

咚咚咚咚咚！像隻動物靈巧鑽過桌間縫隙跑過來。然後——

「喔喔，來了來了！妳今天也很有精神呢，逢坂！」

待人親切的北村朝她揮手的下一秒。

「……唔！」

喔！竜兒拋下湯勺。那位客人在店內正中央的地板上以臉部滑壘。

竜兒連忙跑出廚房：

「妳、妳要不要緊……？」

身為這家店負責人的竜兒來到跌倒的客人身邊想要幫忙。

「……別隨便碰我……」

看到她的雪白牙齒，竜兒不禁僵在原地，全身滲出討厭的汗水，感覺愈來愈冷。

她的聲音不大，只是刻意壓低、有些平板的呢喃——但是她的眼睛，那對抬望竜兒的大眼睛沒有嘲笑和厭惡，只有單純的不在乎。就像在桌上發現蟲子的屍體，一口氣把牠吹飛的小孩子一樣，彷彿在用眼神宣示對方的存在沒有注意的價值，或者說她不在乎對方的存在，彷彿無色透明又陌生。

……不在乎、不刻意、陌生，反而讓人打心底覺得「不曉得自己會面臨什麼狀況」而僵硬冰冷。光是看到盤據在她眼底的黑暗濁流，就讓竜兒寒毛直豎。自己對於這名女孩來說完全沒有價值，竜兒甚至覺得只要她想，就能夠輕輕鬆鬆殺了自己，就像殺一隻小蟲。

「喂！快點站起來，別給人家添麻煩！有沒有受傷？真是的，都幾歲了還會經常跌倒。」

「唔——」

直到実乃梨抱著她，她才站起身來。

即使站直身子，嬌小的個子仍然教人驚訝。

隨著每個步伐輕飄展開的裙子上有好幾層棉布蕾絲。描繪出和緩曲線的淺色頭髮在腰部附近搖晃。如果只看她的外貌，彷彿像個從童話故事裡跑出來的異國公主。

タミナ定食
900
ンカツ定食

「……B。」

「……啥……？」

「B餐。快點。」

哼。

點完菜的她不再對竜兒有任何興趣。那張轉開的側臉美麗地嚇人。從鼻子到嘴唇的精緻線條，宛如玻璃雕刻的纖細薄眼皮，溼潤的漆黑睫毛，比純白更透明的肌膚，薔薇色的臉頰，血色的嘴唇——即使沒化妝還是很美。彷彿脫離世俗的萬年少女服裝，與精緻面容的優雅保持莫名的不平衡，更增添她的神祕，醞釀出複雜的美。然後與她外貌的美麗呈現反差：

「……我不是說了快點？還是說你的國家的語言裡，那個懶散隨便的樣子叫『快點』？」

「……抱、抱歉……」

感覺很差。

不，這還不足以形容，不只感覺很差、態度惡劣，而且還相當可怕。竜兒自己也想過這個嬌小的女孩子有什麼好怕，但是可怕的東西就是可怕。最後補上的一瞥，彷彿聳立在登山家面前的聖母峰西南壁一樣冷酷。竜兒連忙逃回廚房，一個人自言自語：「不愧是『掌中老虎』看來今天心情也不好……」

「來，冰水不加冰。定食馬上就來，妳等等。」

「啊！呃、謝、謝、謝謝……」

竜兒將裝有味噌青花魚的鍋子點火，聽見座位那裡傳來的聲音，不禁再次嘆息。她對自己和對北村的態度相差真多。就因為我的臉長成這樣，所以無端被人討厭嗎……也不是說要喜歡我，至少別老是看到我就瞪我、咂舌或威嚇我。

「不會，這是工作。」

在座位上和北村僵硬對話的可怕客人，名叫逢坂大河，是実乃梨高中女校時期的好友。高中畢業後沒有繼續升學也沒有就業，卻能夠繼續優雅度日，八成是哪裡的千金小姐——這只是好聽的說法，簡單來說就是家裡蹲，也是無業遊民。

因為個子嬌小加上名叫大河，所以她一直有個綽號「掌中老虎」——這是実乃梨說的，不過竜兒也認為再沒有其他綽號比這更適合她。綽號「老虎」絕對不只是因為名字是「大河」的關係，一定是因為凶猛暴虐的個性，別人才會叫她「老虎」。補充一點，竜兒高中三年裡一直被叫做「鬼般若」。

這隻老虎似乎透過実乃梨認識她的大學朋友北村，所以經常和実乃梨約在這裡一起吃午餐。雖不曉得她住在哪裡，不過看來過得十分悠哉。

另外講到豪邁——

「……讓妳久等了，這是味噌青花魚定食。白飯可以、嗎……？」

「……哼。」

把端盤擺到她面前的瞬間，她已經伸出小手抓住飯碗，「咻！」把筷子伸向裝有味噌青花魚的碗裡，吃了一口。

「！」坐直身子睜大眼睛，接下來就是按照平常的慣例，大口吃起味噌青花魚。只見她愉快地張大嘴巴，然而她不只是吃得快，證據就是她的咀嚼次數絲毫沒有減少。掌中老虎的吃飯方式就好像老虎、馬、鯨魚一樣。

「嗯——今天吃飯的樣子也很棒！不錯不錯！」

「每次都這麼豪邁，真是廚師最大的幸福。對吧，高須！」

聽到実乃梨和北村的話，每天都被殘酷對待的竜兒也不得不點頭。姑且不論這位粗魯的客人每次進來都會把門上的蝶形鉸鍊弄壞，也不管她的長相和凶猛的個性成反比，更別提她每三次來店就會跌倒一次的笨手笨腳，仍是這家店重要的客人之一。不管她說什麼、恐嚇什麼，只要親眼看到充滿破壞力的豪邁吃飯模樣，竜兒對她的所作所為大致都能夠原諒。

「……再來一碗！」

「喔！」

竜兒越過櫃檯接過空碗，彼此四目交會的瞬間，就與這隻野獸心靈相通——「味噌青花魚好好吃！」「這樣啊，太好了！」——只是如此簡單的想法。

「唔哇哇……！」

又來了——北村連忙抓著抹布跑過來。意外頻傳的程度，幾乎讓人忍不住佩服她每次都有辦法這樣。今天也不例外，掌中老虎的手撞翻了玻璃杯。「啊——啊——」実乃梨也離開座位避難。掌中老虎難為情地羞紅了臉。「我、我自己來！」「逢坂是客人，坐下吧。」不斷和北村重複一樣的對話。

「妳、妳沒弄濕吧……？」

「喔，沒事。受害的只有桌子。」

成功地和実乃梨說到話，太好了！竜兒偷偷擺出勝利姿勢，感受這個微小的幸福。可愛的櫛枝実乃梨居然還是單身，真是教人想不透。應該有男朋友吧？有也沒什麼奇怪，但是希望她沒有。

「啊～～嚇死人了……再給我一碗。」

「……喔……」

竜兒把裝滿白飯的飯碗遞給清理完打翻水杯的掌中老虎，然後心想：櫛枝小姐，偶爾也請一個人到店裡吧……這樣一來如果發展順利，我或許能夠開口邀約……唉，雖然不一定能約成……有機會還是想約約看……如何？我會怎麼做？

竜兒看著大口吃下追加白飯的掌中老虎，茫然沉浸在妄想的世界裡。約実乃梨去哪裡比較好？簡單一點去看電影？或者因為她說過喜歡棒球，所以去看球賽？……似乎說得出口。不對，等一下，如果実乃梨感到困擾……這樣一來不僅會失去單戀對象，搞不好還會失去一位客人。流氓店長對客人出手等傳言要是流傳出去，對服務業可是致命傷。該怎麼做才好？不希望失去重要的常客，就必須避免不入流的邀約。可是這樣下去不會有進展——

「……唉……」

竜兒撐著櫃檯嘆息。自己為什麼會變成這麼膽小又小氣的大人。「……這個人好噁心。」感覺掌中老虎好像說了什麼，竜兒決定裝作沒聽見。

「啊，對了，高須。我今天晚上不過來了，可以嗎？」

北村的聲音讓竜兒回過神來，連忙起身擦拭流理台。雖說店裡生意不好，但是午餐時間不應該發呆，必須快點趁空檔時間洗好碗盤，準備接待下一位客人。

「喔，沒關係。有事嗎？」

「亞美回國了。還記得吧？我之前給你看過照片的川嶋亞美。」

「亞美……喔！想起來了想起來了，是你的青梅竹馬那位美女？」

「咦？什麼什麼？你們在說什麼？喂喂，北村同學，我可是不能聽過就算！『亞美』是誰？美女是什麼意思？和你是什麼關係！」

吃完飯正在喝水的実乃梨眼睛閃耀好奇心，探出身子發問。北村笑著回答：

「是我的青梅竹馬，名叫川嶋亞美。她在歐洲待了好長一段日子，今天晚上搭機回來。她打電話說行李多到搬不動，要我幫忙，所以我必須臨時開車去接她。」

「嘿——！感覺起來好像有點浪漫？對吧，高須也有同感吧？喔喔喔……無趣的日常生活終於有些愛情滋潤了！雖說根本不關我的事！」

「喂、喂喂……冷靜點。我看過照片，總之是個配北村很浪費的美女，原本是模特兒。」

「模特兒！」聽到竜兒的話，実乃梨顯得更加亢奮。看到那位青梅竹馬的照片已經是很久以前的事。大概是高中時代，班上某人帶來的雜誌正好是以川嶋亞美為當家模特兒。「這名女孩子好可愛！」正當大家熱烈討論時，北村突然說出：「這個模特兒是我的青梅竹馬。」「騙人騙人！」在班上同學的質疑下，北村帶了幾張照片加以證明。

在國中時期拍的生活照裡，沒有化妝的她看來更加可愛，有如小鹿斑比、吉娃娃或妖精一樣，總之輪廓相當美麗。沒有防備的張嘴大笑表情也充滿魅力，因此不只是竜兒，當時的朋友們全都被她奪去心神。

「明天中午我想帶亞美過來，方便嗎？」

「啊啊，當然歡迎……對了，終於有機會見到那位川嶋亞美了嗎？請她簽名會不會造成困擾？」

「沒關係。不過，呃、勸你別太期待，亞美那傢伙和乍看之下的印象落差很大。」

実乃梨美味地喝著飯後的茶：

「燙燙燙……喔～亞美是吧……我第一次聽到北村直呼女孩子的名字。嘻嘻，在我也能見到的時間帶來嘛，北村。我想看看真正的模特兒！」

「我正有這個打算。那傢伙在這裡沒什麼朋友，不曉得你們願不願意和她當朋友？」

「喔——當然。」

実乃梨擺出可愛的V字手勢。

「……嗯？大河？怎麼了？」

「……沒、沒什麼……」

「怎麼會沒什麼，大事不妙了。」

在実乃梨隔壁的位子上，原本一個人坐在那裡狂吃味噌青花魚的掌中老虎無聲跌落，不曉得什麼時候變成從地面冒出兩隻腳的犬神佐清狀態。她連忙收起難看伸出的兩條細腿，若無其事地站起，再度爬回椅子上。

「……妳、不要緊嗎……？」

身為老闆照理來說不能默不作聲。掌中老虎的臉色由鮮紅變成紫色，又變成一臉鐵青。

她沒有回應竜兒，只是說聲：

「我……吃飽了。小実，我先走了……」

「喔？喔喔……怎麼回事？」

「不……沒什麼。」

「都說妳不像沒事了。」

掌中老虎踩著漫步雲端一般的不穩腳步回家了。棉布蕾絲輕飄搖曳，捲髮也跟著搖晃。

到底發生什麼事了？正要收拾餐具的竜兒突然發現碟子裡還剩一粒豆子。這是掌中老虎來這裡吃飯以來，第一次剩下食物。

接著他發現另一件更嚴重的事——

「喔……！我忘了收錢……！」

＊＊＊

隔天早上。

一如往常展開DRAGON食堂的一天。今天北村要帶青梅竹馬逛東京，因此中午之前都不會出現。

竜兒獨自一人正要推開食堂的鐵捲門，突然注意到那個東西的存在。

「……這是什麼？信封？」

一枚信封輕輕貼在鐵捲門的鑰匙孔附近。信箱明明就在旁邊。不解偏頭的竜兒拿著信封，這才注意上面沒有貼郵票……也就是有人親手拿過來嗎？竜兒感覺有些害怕。

那是用淺桃色和紙製成的美麗透光信封。翻過背面一看，竜兒屏住呼吸。

收信人是北村祐作。

寄信人是逢坂大河。

如果讓你覺得困擾，很抱歉——名字底下還加了這句意味深長的話。封住封口的是兔子形狀的和紙貼紙。這個……這到底是——

「怎怎怎怎怎……怎怎怎怎怎怎！」

「喔！」

聽到奇怪的叫聲而轉身的竜兒嚇了一跳。寫信的逢坂大河正站在租屋對面的電線桿陰影處。電線桿的寬度隱藏不住的蓬鬆連身洋裝露在外面，她還是不肯放棄地緊抱電線桿。

「為為為為為為什麼是你你你你你你你！」

嚴重口吃，根本聽不懂她在說什麼。

「呃……咦咦？什、什麼？怎麼回事！」

「為什麼出現的人是你？這裡不是北村的店嗎！」

「是我的店！北村是還沒畢業的博士生！」

「北村不是博士生兼食堂老闆嗎！」

「這是我的店！由我貸款、由我打造的、我的店！」

「……呃！」

這時掌中老虎的眼睛射出類似鮮紅血液噴濺的光芒，嬌小纖細的身體一邊顫抖一邊呻吟地挺起胸膛。糟糕——竜兒本能感到害怕。

總之即將發生非常不妙的事。竜兒無法出聲，也忘記放下手中的信封，彎腰準備打開鐵捲門躲進店裡。就在這個瞬間。

「還、還、還……還我——！」

「嗯哪啊啊阿啊啊——！」

噗！有個相當重的東西正從頭上揮下，竜兒直覺地跳開躲避。鐵捲門發出遭到破壞的聲音。揮下的那個物體是——

「妳、妳做什麼？妳瘋了嗎！警、警察……警察！來人啊！」

「還我！還我！快還我——……！」

木刀。是木刀。木刀。木刀？噫——！竜兒發出不成聲的慘叫跌坐在地。掌中老虎舉起木刀，在竜兒面前跨開雙腿直立。逆光的臉上顯得一片黑，看不清楚她的表情。

到底發生了什麼事？為什麼我會遇到這種事……？我會死吧？會被殺掉吧？就這樣背著

貸款，在自己夢想的店鋪前面，被店內常客幹掉。

而且不曉得到底為什麼而死——

「把情書還給我————！」

——我也許知道部分原因了。雖然我不想知道。

待續？

TIGER×DRAGON!的躲雨

閉館時間迫在眉睫，快速結束借書手續，從反應緩慢的自動門走到館外，正要穿越昏暗的下午走道時——

「哇啊。啊——啊……這下慘了。」

原本走在前面的大河轉過頭：

「下雨了，竜兒。」

人煙稀少的週六下午三點，在公立圖書館入口半圓形玻璃帷幕屋簷下，竜兒追上大河來到她的身邊。

大河雪白手指前方的地面早已被雨打溼。竜兒見到這個狀況，也忍不住發出一聲低沉呻吟。

今天打從一大早就是陰天，吹來的風也很潮濕，就算突然下雨也不奇怪。天氣預報也說過今天是多雲偶陣雨的天氣，可是按照天氣預報員的說法，應該是入夜之後才會下雨。

「你看，我說對了吧?我就跟你說過要帶傘。」

望著滂沱大雨另一頭霧茫茫的街道，大河誇張地聳肩長嘆。冰冷的雨讓空氣降溫，彷彿要趁機清楚分割夏天與秋天，只穿著紅色系棉質拼布連身長洋裝，加上開襟羊毛薄外套的大河感覺有點冷。竜兒也只是T恤和尼龍外套的輕簡打扮，皮膚感受到風的冰冷，連忙把胸前外套拉緊。

「當我說：『如果沒下雨，到時拿著雨傘很礙事。』時，妳不是說得很乾脆：『說得也是，那還是別帶了。』」

「才沒有。」

「語感有點不一樣。因為你像這樣戴著鬼面具。」

「而且你還說：『如果沒下雨妳要負責嗎？啊——！臭小子、王八蛋——！命不想要了嗎！』……好可怕。」

「我才沒說。」

「然後我回答：『我、我沒辦法負責……所以先把你的菜刀收起來吧……』……抖抖抖抖抖。」

「妳才沒說。」

「總之我要說的是我說對了。好了，下雨卻沒有傘，這下子該怎麼辦？」

噘起桃紅色的薄嘴唇，大河用手肘輕撞竜兒的包包。細節姑且不管，不過大河出門時的確說過「要帶傘」。她站在玄關單手爬梳流洩背後的長髮，另一隻手準備拿傘。她說看這個樣子看大概再過兩小時就會下雨——不曉得是真是假，大河根據自己的頭髮捲度就能夠推測下雨時間。

就結果來說，她確實說對了。

「可是天氣預報說不會那麼早下雨的……」

「沒有什麼可是，正在下雨就是現實。你被情報給耍了。沒錯，在現今這個文明世界裡，我們早已習慣他人給與的情報，人類總有一天會走上喪失判斷能力的窮途末路。人類也是動物，應該看看天空、聞聞風的味道、用肌膚體驗，靠自己的感覺判斷才對。」

大河偶爾遇到自己正確的場合，就會整個人得意忘形。

「比方說像我這樣！你看——藉由靠頭髮感覺濕氣……」

閉上眼沉醉在自己的正確裡，學著洗髮精廣告用力撥弄自己的長髮。頭髮的波浪捲度的確比平常更捲，但是——

「……妳以為全世界的人，頭髮都是自然捲嗎？」

忍不住吐槽的竜兒身後，正好有一名小學女生走出圖書館入口。

少女站在站立的兩人身旁，不發一語看著下雨的天空，冷靜地從包包裡拿出折疊傘打開，直接走進雨裡。竜兒不由自主目送她的背影。四周沒有其他人……如果附近有人恐怕會去報警，然後被警察抓走，連解釋的機會都沒有就在額頭印上「危險人物」的烙印，最後以繩子隨便綁上火箭扔到外太空，即使如此也沒資格抱怨——竜兒的眼神就是這麼可怕。

但是那個眼神並非他的本意，純粹是與生俱來就是這張臉，他正在思考沒什麼大不了的事。

會不會下雨或許要靠自己判斷——這種道理就連小學生都知道。

竜兒不禁嘆息，以手掌搓揉稍微變長的髮尾。就算頭髮不是下雨前會捲起來的自然捲，不過大河說得沒錯，應該觀察天空自己思考。

沒錯，自己要像那個女孩的年紀時一般謹慎——

「……好吧，這次妳是對的。」

竜兒低頭看著大河比自己矮二十公分的髮旋開口。大河不經意抬頭，有如玻璃珠的透明大眼睛直視著自己，竜兒忍不住轉頭看往其他地方。

不知不覺就這麼做了。

「那張臉什麼意思？」

「什麼意思？」

大河特地繞到竜兒的前方想要仰望他的表情。竜兒再次把臉轉到另一邊。大河仍舊堅持在竜兒四周繞來繞去……

「……總覺得你剛剛的表情，似乎有點怪？」

大河伸長身體，湊近觀察竜兒的臉。

「一點也不怪。」

真的不怪。然而他隱約感覺大河會說出自己不喜歡的答案，因此想把臉轉開。因為他想起小時候那個謹慎評估會不會下雨的自己。

「……沒有嗎？總覺得你稍微露出類似……憂鬱的表情。」

「我就說沒有。」

為了那種小事憂鬱——他不希望大河知道自己回想起有如下雨潮濕空氣的憂鬱和孩子氣的記憶。

因為自己也不願想起，於是竜兒以更快的速度說道：

「我只是稍微想起以前的事，不是什麼大事。大概就是小學時只要感覺會下雨，我絕對會帶著傘出門這種事。沒什麼值得一提，就是下雨天的回憶。」

可是說得再快也沒用。

「……你的悲傷故事還真不少……」

大河也不好意思再追問，退開一步和竜兒保持距離，點頭的同時皺起臉來：

「接下來就是『結果說要來接我的人沒有出現……』諸如此類的吧？討厭~~~光是聽到就讓我跟著憂鬱，拜託你別再繼續了，可以嗎？」

居然這麼嫌棄——竜兒不禁感到佩服。

「妳這傢伙……話說回來，後續發展不是那樣。反而是泰子想來接我，可是那種年紀的小孩子有不少人喜歡亂說話，說泰子是酒家女；再說泰子不是常穿豹紋衣服嗎？所以我不想讓學校同學看到，她來接我反而造成我的困擾，才會那麼拚命提防下雨。到了現在，總覺得當時來接我的泰子心情，以及因此感到羞恥的自己有多愚蠢——」

「咿～～～嗚嗚～～～」

大河終於飛奔逃走。聽了只會感到難受！她摀著耳朵翻飛裙子蕾絲，跑到屋簷的角落。

「啥！」溫柔敦厚的竜兒雙眼爆出狂亂的閃電，準備以火柱貫穿銀河系——其實他只是有點生氣。

「妳一副想知道的樣子靠過來，等我開口又尖叫逃走，這是什麼意思！」

竜兒準備追上逃走的大河……

「難道妳就沒有所謂共鳴！同情！之類體貼的表現嗎？」

「那麼我也把我的心情告訴你，而且我敢說你的反應絕對會和我一樣。」

大河突然轉身面對自己，腳步不穩的竜兒頓時與大河面對面。

「突然下雨時，所有人不是都會在車站出口之類的地方打電話叫人來接嗎？我小時候真的不知道大家在打電話給誰，只是一個人躲雨，同時不解地心想：大家都在做什麼？因為就算我打電話回家，也不會有任何人來接我——」

「唔～～～哇啊啊～～～！夠了！我不想聽！這麼說來……喔、妳猜對了……！」

「對，就是那樣，就是會變成那樣吧？我就知道。」

像個傻瓜似的吵鬧半天，不過竜兒懂了。

他明白大河大喊「我不想聽！」逃走的原因。大吵大鬧故意惹人厭地開玩笑，才不會兩個人一起在被雨喚醒的憂鬱之中沉默。

當兩人之中有人內心動搖，如果另一人閉嘴傾聽，讓兩顆心當場靜靜靠在一起，兩人的船恐怕會就此沉沒。這是命運的惡作劇吧？等竜兒和大河注意到時，他們已經搭上同一條船。

「我不要，我要離開這條船！」「我也不想沉下去！」——於是兩人吵鬧踢開搖晃的船猛力跳出去，想要等待水波平靜。大河說：所以你才會露出那個表情吧？自己也反擊：所以妳才會故意尖叫吧？

呵呵呵——大河的喉嚨發出彷彿小鴿子的笑聲，閃閃發光的大眼睛仰望竜兒：

「……要叫泰泰來接我們嗎？看來還會下一陣子。叫她過來吧，她絕對會穿著豹紋細肩帶和UNIQLO帶著傘過來。」

竜兒也看向大河笑著說道：

「很難判斷她是否起床了。今天早上七點才回來，而且喝了不少。」

沒有動搖的心與沉沒的人，交流的視線顯得強烈。

「那麼我們繼續在這裡躲雨？」

「滿冷的。繼續等下去恐怕一時半時也不會停。」

屋簷下的竜兒稍微探頭眺望天空，試著以臉頰迎接雨滴。雨還要好一陣子才會停——或許是明天早上也說不定。偶爾和大河兩人邊躲雨邊閒聊雖然有趣，但是腳步不能停留那麼久。

「……妳負責拿東西。」

「咦——？很重耶！而且這些全是你借的書！」

「總不能讓圖書館的書淋濕吧。靠過來一點。」

脫下外套，身上只剩T恤的竜兒靠近抱著包包的嬌小大河，雙手將外套舉到頭上，當成兩人份的雨傘。

「咦——你是認真的嗎？真的要就這樣走？」

「喔，走吧。一口氣跑回家。可以嗎？別跌倒囉？」

「沒問題沒問題……真的沒問題嗎……？應、應該吧……」

兩人在極為靠近的地方四目相對，「預備——」配合彼此的呼吸。沒問題，我們是從搖晃的船上逃生的兩人。不過是在冰冷雨中奔跑，會有什麼問題？一定能夠平安到家。

竜兒的腳和大河的腳同時踏入水窪，發出兩人份的慘叫和狂笑。加快腳步的他們逐漸跑遠，此刻已經看不見隨風翻飛的卡其色外套。

不幸的BAD END大全

這是個可能存在也可能不存在、發生在某個隆冬夜裡的怪談——

＊＊＊

「騙人，你的日本史讀完了？」

「姑且算是讀完了。」

「整個考試範圍？不會吧……」

叛徒……低聲說完的大河把嘴唇癟成ㄟ字型，走在活生生的般若——不對，是地獄囚徒——也不是，是竜兒身邊，臉上帶著怨恨斜眼仰望。

戴著淺灰色手套的雙手慢慢計算距離期末考還剩下幾天。這才發現只剩下七天了。

「哇啊，不會吧……時間、真快……」

說完這幾個字，她可憐兮兮地嘟起嘴巴：

「我這次有點……不對，是非常不妙……光顧著念英文和古文，日本史根本還沒開始念。再加上停學這段期間沒來上課，最近大部分時間還要忙著準備耶誕派對……」

「呼～～」大河大聲的嘆息在寒風吹過的十二月街上化為白霧。穿著安哥拉羊毛外套的背部故意彎起，一點也不像平常遭遇危機時的大河。

再過一下子就是晚上七點。

冰冷的天空已經完全暗下來，一片漆黑，但是看不見星星。裝飾在人行道兩側植栽上的霓虹燈十分明亮。一到冬天就剩枯枝的杜鵑，只有在這時看來像是藍光大海一般美麗。如果是前陣子的大河，早就開心喊著：「哇——好美！」一邊拿手機不停拍照。可是現在——

「唉……難得這麼有耶誕節氣氛，我今天卻必須開始認真準備日本史……還有物理等等，真是絕望……哎唷，到底該怎麼辦……」

個子原本就很嬌小的大河完全失去霸氣，變得比平常更嬌小。環顧四周的眼睛倒映霓虹燈的藍色，發出有些空虛的光芒。

「我也好不到哪裡去。」

竜兒盡量以開朗的語氣表達大家準備考試時都一樣辛苦。

「我也同樣一直在忙耶誕派對的事。再說就算我讀完了日本史，也只是教科書上大概的內容，資料集、講義及老大筆記都還沒碰，古文連一行也沒看。」

聽到並肩一起走的竜兒這麼說，大河刻意停下腳步，茫然抬頭以質疑的眼神看向竜兒。露出混色毛線帽外的長髮隨著北風舞動，不吉利地貼在眉間。

「……騙子……」

「怎麼說？」

「你期中考時也說過一樣的話，對吧？『我完全沒念～完蛋了～這次死定了～怎麼辦～……』結果考出來成績比我好……不對，不只有期中考，還有第一學期的期中考、第一學期的期末考、第二學期的期中考、前陣子的模擬考、上星期的英文單字小考也都是。每次都說死定了完蛋了，其實你每次都準備得很充分，對吧？」

「怎麼這樣說……」

竜兒尷尬地閉上嘴巴，找不到話可以反駁。大河說得確實沒錯。

仰望沉默的竜兒，大河也不爽地緊抿嘴唇。目前排名在校內粗暴排行榜第一名（相關調查結果），擁有「掌中老虎」別名為人所知的大河，開始露出不耐煩和不悅。來吧，看妳是要討厭的語氣諷刺我，或者狠狠罵我一頓，或者反覆焦慮地咂舌——

「……嗯，算了。」

竜兒已經做好迎戰準備，眼前的大河卻乾脆放鬆皺起的眉間，一邊嘆氣一邊把雙手插進大衣口袋，聳聳肩膀睜開大眼睛，擺出掌中老虎不應該有的可愛模樣，把臉湊近竜兒眨動長睫毛，彷彿是要讓他看見：

「如果你說：『我可是好好準備了，妳還沒念完嗎？啊啊，真是可憐啊。』我應該會更火大。最重要的是快到耶誕節了，我就心胸寬大地原諒你令人不爽的行為。爭執也沒有好處。大家好好互相幫忙，一起努力準備考試比較好。這樣一來世界也能獲得和平，小孩子也能找回笑容。」

「喔……」竜兒忍不住呻吟，對大河的發言鼓掌。

「不愧是『天使大河』。」

「對吧？如何？」

「好感動。面對妳的遠見與用心，我忍不住要脫帽致敬。」

「多說一點！」

「降落地面的天使就是妳，逢坂大河。」

「愛&和平。」

「唷！耶誕節之子！神聖純潔的好孩子，呃，天使大佛！」

「YES, I AM.」

呼呼。大河發出做作的聲音噘起嘴巴偏頭微笑，拉起外套下襬代替裙襬，像芭蕾舞者一樣行禮。那個刻意又不適合的姿態，讓把毛線帽夾在腋下的竜兒忍不住笑了。他正期待用這個毛線帽裡露出的小型炸彈炸飛這條熱衷過節的街道♪期待慘劇發生♪——當然不是。他的臉長得像恐怖分子只是單純的遺傳。

期末考完就是耶誕節，所以大河化身為天使，因為她打心底熱愛耶誕節這個世界性的節日。而竜兒也喜歡她的好變化。畢竟大河最近因此常保好心情，收起往常的粗暴和吼叫，事實上像這樣兩人獨處時也多半是在笑。

從車站前延伸而出的街道上，包括商店街的店家屋簷，以及葉子落光的行道樹上，全都裝飾上閃閃發光的霓虹燈。耶誕老人、麋鹿、星星、聖人們和聖母、聖子，到處都是耶誕節的象徵。在一片閃耀光芒中，「好了，玩笑到此為止。」大河轉身大步前行。竜兒也追上她，兩人再度加速前往和朋友約好的家庭餐廳。

沒錯，暫時把耶誕節擱在一邊，現在該做的是「保健體育課的報告」。

眾人期待的耶誕節前面是期末考，期末考前必須先交出保健體育課的報告。交報告的日期就是明天。準備期末考加上準備學校的耶誕夜活動，幾乎已經沒有剩餘時間，這種時候關係到平常分數的報告，就必須靠大家齊力快速完成。

齊力——也可以說是輪流發揮靈感，拼湊出一份報告。竜兒摸摸肩膀上背的帆布托特包，確認鼓起的內容物。那裡面放的「老大筆記」裡有狩野堇去年寫過的同樣主題滿分報告。他打算和其他朋友一起參考這份報告，盡量在最短時間內完成，然後待在那裡一邊享用飲料吧，一邊一起準備考試。

＊＊＊

總之先占據靠窗的五人座，和大河面對面坐下。就在他們剛點完兩人份飲料吧時——

「不～好意思，再多一份飲料吧！」

一個大包包重重擺在大河旁邊，柔軟的皮革上用鉚釘打上的知名名牌標誌閃閃發光。

「妳稍微進去一點，妳的裙子太占位子了～啊～冷死了～！我還以為快冷死了！」

現身的人是——亞美，應該是吧。妳說是吧？——他看向大河尋求認同，大河也不太有自信地偏著頭，沒有說出確切答案。

遮住眉毛下緣的棒球帽加上黑框平光眼鏡。口罩幾乎擋住整張臉。身上穿著羽絨夾克遮住打扮，圓滾滾的外表無法判斷衣服底下的人是誰，聲音也因為口罩而難以辨認。

似乎是亞美的人和大河並肩坐下，慢慢脫下夾克，一圈一圈解開長圍巾，把附有耳罩的帽子脫下，再拿掉口罩和平光眼鏡。

「啊啊……果然是蠢蛋吉……」

「喔，川嶋……」

八頭身美少女終於從厚重的外皮底下現身。水潤的雪白臉頰，星光閃耀的眼睛，小下巴加上完美的輪廓，這名美女是——

「啥？話說回來，你們不覺得店裡很熱嗎？暖氣會不會太強了點？」

同班同學兼現役模特兒的川嶋亞美，也只有可能是她。

亞美一會兒冷一會兒熱地抱怨，一邊脫下蓬鬆有如棒球手套的手套。拉下夾克底下厚厚的連帽外套拉鍊脫去後是羊毛外套；接著裡面是前扣式羊毛衫；解開釦子之後，她拉下穿在裡面的雪花圖案長版上衣下襬。

「祐作呢？還沒來嗎？実乃梨結果還是不來嗎？麻耶和奈奈子說要在家弄。高須同學，去拿一下飲料好嗎？亞美美要紅茶，不要加糖也不要牛奶，紅茶就好……嗯？怎麼了？」

她終於注意到竜兒和大河正看著她：

「你們兩個為什麼直盯著我看？啊，該不會是直到現在才被我的美貌吸引吧？你們這樣我很困擾，不過我懂，連我自己也時常看自己看得出神。鏡子裡的亞美美，該怎麼說，簡直就是奇蹟……你們能夠相信嗎？亞美美這麼可愛，而且這個可愛還是天生的～這個世界上只有亞美美這麼可愛，會不會太不公平了？但這就是現實……只有亞美美這麼可愛、這麼美，又沒有任何缺陷♡能夠免費看到我的美貌，你們真是賺到了！很棒吧～恭喜你們！」

「……蠢蛋吉有夠蠢的……」

大河吐出這句話，竜兒也重重點頭幾乎到頭快掉下來，深表同感。「為什麼？」亞美挑起一邊眉毛。

「我們看著妳是因為好奇妳到底穿了幾件衣服。因為妳一直靜不下來……」

「最厲害的是穿成這樣居然還能動。妳到底穿了幾件？那件底下是套頭上衣？這種寒冷程度有點誇張吧？過年後才是最冷的時候喔。」

聽見竜兒的意見，亞美忍不住嘟嘴：

「因為我騎腳踏車來的！超冷的，反正只是來念書，怎麼打扮都好。這裡離我家很遠，要不是因為有老大筆記，我才不會特地過來。更重要的是我絕對不想在這個時期感冒。快要期末考了，加上考完試後馬上就是寒假，到時候我可是工作滿檔！」

發出抱怨的亞美從包包中拿出小型噴霧劑，張開嘴巴朝著喉嚨深處噴了兩下。接著又拿出裝有透明膠狀物體的小塑膠瓶：

「年底要去夏威夷拍照，我可沒有閒工夫生病。」

她把膠狀物擠在手掌心後摩擦雙手：

「啊，這是消毒殺菌的酒精凝膠。手伸出來。」

她也在竜兒和大河的手心擠上酒精凝膠。竜兒因為陌生的冰冷觸感有些驚訝，但這的確是酒精，才剛擦去上就蒸發了，手掌心變得乾爽不潮濕。「耶——還有這種東西。」大河圓睜眼睛。在她旁邊的竜兒開始顫抖。不是因為桌子下的雙腳快被蟒蛇吞沒而絕望，而是因為感動。這個東西——好像很棒。他的雙眼裡狂亂搖曳慾望的火焰。好想要……我想要！

「這個東西好棒！只要這樣就能夠消毒殺菌？喔，真厲害，好東西，好到不行！我也想要這個！非常想要！這在哪裡買的？我可以跟著買嗎？」

「你的臉好可怕！」

「快告訴我！這種好東西要去哪裡才買得到？快說，川嶋！」

「你太激動了！話說回來～喂～快點幫我拿飲料。」

「我拿來妳就願意告訴我嗎？好，等我一下。大河要喝什麼？」

「啊啊……我也要紅茶……竜兒真蠢……」

竜兒從椅子快速轉身站起。就在這時候。

「嗨，GUYS！」

「啊。」看向竜兒背後的大河眼睛開心地閃閃發光，同時大喊：「小実！」綻開笑容。竜兒聞言跟著轉身。

「唷！明尼蘇達！」

実乃梨就站在驚訝僵住的竜兒面前，朝著竜兒舉起單手行禮。不過——

「明尼蘇……達……？」

「小実剛到？」

「実乃梨來啦～妳本來說可能無法過來，我還在奇怪不曉得是怎麼回事。」

在場沒人把竜兒的疑問當一回事。

「不是，我在這裡打工到七點。在後面換衣服時，正好看到你們，所以想說至少要過來打聲招呼。我要回家了。」

「咦！為什麼？怎麼要走了？不可以，小実，和我們一起寫報告、念書嘛！」

大河鬧彆扭般搖晃穿著毛海上衣的身體。実乃梨看著大河的臉，露出困擾的微笑，眉毛撇成八字形。

最近的実乃梨經常露出這種表情。竜兒沒有開口，只是看著氣氛詭異的臉。她在前陣子的壘球社比賽犯下重大錯誤，実乃梨說自己既是社長也是戰犯。竜兒覺得她似乎從那之後過起禁慾生活，禁止自己參與或期待社團活動之外的事。実乃梨也說過不打算參加耶誕派對。

儘管如此，念書準備考試不是玩樂，一起念書應該不至於招致天譴。再說她對打工還是同樣努力。

但是実乃梨用力拉上夾克拉鍊，似乎在表明自己的決心：

「不了，對不起。我不念書似乎也很危險，所以我決定專心在家裡準備。」

「可是～～」亞美斜眼看著她的舉動，以派不上用場的做作姿態發出甜美聲音，一面忸怩地晃動肩膀：

「保健體育課的報告，妳打算怎麼辦？那個東西自己一個人認真做真的很麻煩喔～～？我覺得參考老大筆記快點把它結束絕對比較好。話說回來，老大筆記也是屬於実乃梨的東西，那不是妳和高須同學共同持有嗎？」

「話是那麼說沒錯，不過……」

「只有高須同學自己用不是很奇怪嗎~~？我也是想參考才會出現在這裡。」

「啊唔、唔唔、也是……」

実乃梨微妙地動著嘴巴，站在原地不知道怎麼回應。這時從她背後——

「抱歉，我來晚了！啊——好冷，店裡比較溫暖！妳在做什麼，櫛枝？坐下坐下，擠一擠，妳擋住走道囉。」

「啊唔啊唔啊唔……」

鼻子冷到發紅的北村現身。他拿出運動性社團成員特有的強悍，硬是推著実乃梨的肩膀坐到亞美旁邊的位置，也讓原本站著的竜兒坐下，然後自己坐在竜兒旁邊：

「再次說聲，唷！大家點好餐了嗎？都只點飲料吧？」

幹得好，北村。竜兒忍不住擺出勝利姿勢。大河也合作無間地快速按下服務鈴點餐：

「再加兩份飲料吧！」女服務生注意到坐在位子上的実乃梨，笑著看向所有人：「咦？原來是櫛枝的朋友嗎？請慢用，等一下送上招待的洋芋片。」然後離開。

「喂，北村……我正想要回家……」

「為什麼？我們不是要一起做報告嗎？好了好了，我去拿大家的飲料過來！你們要喝什麼？可樂好嗎可樂！好，時間到！所有人都喝可樂！」

充滿男子氣概地決定之後，北村脫下外套前往飲料吧。実乃梨大概是死心了，也跟著脫下夾克：

「……沒辦法，既然已經點餐了，就讓我也摻一腳，和大家一起做報告吧。」

「喔，一起做一起做。」

竜兒盡可能壓制滿腔喜悅，假裝不在意地冷冷開口。在竜兒對面位子上的大河微微挑眉，無聲地動嘴：太好了不是嗎？竜兒也若無其事地點頭回答：太好了，真的。

「小実，來，這個。報告用紙給妳。」

「喔，感謝。這麼說來我沒有帶筆。」

「我有自動鉛筆。」

雖然只是這麼一點小事——多謝！実乃梨以相撲力士的模樣開玩笑回應。竜兒從自己的鉛筆盒裡拿出自動鉛筆，彷彿不在意地遞給実乃梨——只是這樣而已。

大家一起做報告。這麼無趣的藉口對竜兒來說，是比什麼都要令他開心的機會。他瞬間看向大河。大河一邊和亞美說話，一邊用橡皮筋把長髮紮起。大河或許也是同樣心情。看到端著五杯可樂回來的北村，她的心裡一定也感到雀躍。

一定是這樣。

「唷，久等了……嗯？」

回到桌前的北村突然看到什麼，忍不住歪著脖子。銀邊眼鏡反光，眼鏡後的視線前方看向附近另一張桌子。

「……哇啊……」

那邊的人明顯發出不算開心也算不上呻吟的聲音。旁邊還有個女孩子。

「……嗯唔～～……」

女孩臉頰染上粉紅，好像正在煩惱什麼而忸怩呻吟。

兩個人刻意並肩坐在四人座的位子，桌上攤著教科書和筆記本。竜兒也認識那個穿著制服甜蜜念書準備考試的傢伙。臉頰上留著少年的圓潤，短瀏海底下是莫名發光的黑眼珠。很難說他算帥還是醜，總之是個仍在成長的高中一年級男生。記得他的名字叫富家——

「這不是幸太嗎？『哇啊』是什麼意思？真巧，你和狩野學妹在準備考試嗎？」

「唉……嗯，該怎麼說，真是……很巧呢……」

「這種時間還穿著制服在外遊蕩？別讓家裡的人擔心喔。」

「好……話說回來，我記得學長家不在附近吧……」

「我和朋友約好一起念書，所以過來這裡。」

「……啊啊原來如此……這樣啊……」

竜兒也見過幾次，他是學生會的總務富家幸太。過去大河曾和這位一年級男生發生一點小衝突，另外最近在準備學校耶誕派對時也經常碰面。

可是富家幸太見到自己的學長北村，樣子看來一點也不開心，說話也莫名含糊不清，尷尬地朝學長姊們點頭致意。坐在他身邊的少女也困擾地輕輕撥弄撥肩膀上的頭髮，水嫩的桃子臉頰雖然露出笑容，但是也噘著嘴巴不發一語。

而且竜兒看見兩人原本緊靠在一起的身體逐漸分開。的確沒有哪對拿準備考試當藉口而親密共處的情侶，會因為被熟人撞見感到開心。

不過一年級的小情侶……看起來好像很開心。竜兒喝下一口可樂，視線忍不住飄向遠方。回想自己一年級時根本沒辦法和女生好好說話，甚至到了二年級的現在，仍然繼續無法得到回應的單戀。好不容易發展到能夠一群人一起念書就開心得不得了，而那兩個一年級生卻是——啐！雖說不可以有這種想法，可是……

「啐，真是恩愛的情侶。無聊死了，黏在一起有什麼好囂張的！」

一臉不悅的黑心亞美女王惡毒地說出竜兒的內心話。竜兒雖然心裡想著不行不行，也跟著點頭表示認同。亞美旁邊的大河則是：

「哇啊，那不是富家幸太嗎……人稱『不幸的黑貓男』……每次只要那傢伙出現，一定會發生什麼倒楣事。啊啊，耶誕老公公，請你保佑我……我很乖……」

誇張地在胸前畫個十字。実乃梨也故意伸直身體看向兩人，「呵呵。」抓抓人中：

「情侶真教人羨慕啊！情侶！熱情的情侶！當班時我就看到那對情侶打得超級火熱，隨著時間愈來愈晚就愈來愈熱，現在也一副快要在觀眾面前接吻的模樣，大叔我可是很擔心喔。沒想到居然是北村同學的熟人。」

雖說那對火熱情侶不可能聽到，不過他們一點一點拉開距離，現在幾乎是分別坐在座位兩端，幾乎快要跌下座位。兩人紅著臉看著彼此手邊的教科書，瞬間互換視線，卻又因為太在意旁人，什麼話也不敢說，一副坐立不安的模樣。兩人同時想要喝水——

「啊……！哈嗯……對、對不起，幸太同學……！」

「……唔、不，沒關係，小櫻。」

「……水灑出來了……」

「小櫻……溼了嗎……？」

「沒有……大概只溼了一點點……」

——只不過是伸向杯子的手碰在一起，看來他們真的打得火熱。竜兒感覺自己似乎看到不該看的場面，忍不住全力轉開視線，對著旁邊的北村小聲說道：

「……很明顯他們非常不希望遇到熟人。感覺在他們頭上可以看到『北村學長快回家』

的字樣。」

北村點點頭，推了一下眼鏡：

「他們也不是現在才這樣。學生會辦公室每天都被他們的熱氣弄得悶熱潮溼，連窗戶玻璃都起霧結露。多虧有他們讓空氣不那麼乾燥，我才能夠避免感冒，還讓我長高了、中彩券、在路上被星探挖掘、家裡院子冒出石油、枕頭底下找到德川家藏的黃金、每天泡在鈔票堆裡。我由衷感謝我們的可愛總務情侶……可是別想叫我回家，我還有做報告這項使命。即使我是天底下最無賴的人、注定要當失戀大明神、未來注定永遠孤獨，我也要完成報告……順便介紹一下，那個女孩子是會長的妹妹。」

哈哈哈。北村乾笑幾聲，用力拿起玻璃杯含住吸管，以驚人的肺活量一口氣吸起可樂。

面前的亞美看著他的臉：

「唔哇——我說祐作，你還忘不掉那個學生會長嗎？」

亞美臉上帶著淺笑，刻意用言詞的利刃在青梅竹馬的傷口上撒鹽：

「啊，還是說你不自覺地在那個女孩臉上尋找學生會長的影子？她們看起來長得不像，不過也算有點可愛，更重要的是她和狩野堇有著極為相似的基因。哈哈！好噁心！應該說好可怕！無法成為狩野堇的男朋友，至少也能成為她的妹夫……拜託你可別說出這種話～～那可就真的很不妙！就算有那種想法也很可怕，祐作！」

呀哈哈哈哈！面對連竜兒也忍不住顫抖的失禮推測，北村沒有反駁，取而代之的是上半身突然越過桌面往前伸——

「……嗝————！」

朝亞美臉上狠狠打個嗝。

「呀啊啊啊！全是可樂味！髒死了！會長痘痘！你這個爛人————！」

「亞美！如果要報仇我也來幫忙！」

実乃梨笑著介入兩名青梅竹馬之間，用手撐著桌面抬起屁股，探出身體：

「嘿嘿嘿，看來我的可樂碳酸也正好湧上來……要來……要來了……快出來、了……」

実乃梨憋住氣，以不像女孩子會有的粗暴行徑笑著朝北村的臉靠近，沒想到——

「……！」

趕緊掩嘴退下。

「可惡，是空包彈……話說剛才不是飽嗝……！員工伙食湧上喉嚨……！」

「小実！幸好沒有噴出來！」

「是啊，大河！差點丟臉了！」

「丟臉也喜歡！我最喜歡小実！」

「唔喔喔大河！再火熱一點！」

「妳們兩個一左一右吵死了！可以滾到其他地方嗎！」

大河和実乃梨隔著亞美確認彼此的愛意，距離她們數公尺處，那對一年級情侶的女生輕輕起身。不曉得是不是他們骯髒的行徑給了她致命的一擊，只見她若無其事地斜眼看著竜兒，和他四目交會，稍微點頭致意。竜兒對自己剛才壞心的想法感到幾分內疚，因此也用瀏海遮著足以當成凶器的臉，輕輕點頭回應。

「那麼幸太同學，我今天先回去了。現在出去正好能夠趕上公車。」

「什麼——！小櫻要回去了？我還以為我們可以一起吃晚餐……」

「對不起，明天見！謝謝你教我數學。明天的便當我也會努力的，敬請期待！」

「等我等我，我送妳到公車站！」

「不行，幸太同學是反方向。外面好冷，不用送了。」

「就算只有一秒鐘，我也想和妳在一起……」

「……嘿嘿，我也是。可是幸太同學如果感冒就糟了。」

一年級女生撥開柔軟的頭髮，雪白臉頰的輪廓彷彿溫柔融化似的對幸太露出甜美的笑容。她扣好外套釦子，從錢包拿出零錢擺在桌上：

「我走了，拜拜！明天中午老地方見！我會帶便當過去！」

她一邊揮手一邊朝竜兒他們的座位走近一步：

「北村學長，我先走了！」

她微笑低頭鞠躬，亮晶晶的清澈眼睛看著北村。或許是戀愛的關係，連竜兒也覺得她的笑容燦爛到刺眼。北村也帶著幾分歉意在臉前豎起一隻手，擺出道歉的姿勢：

「抱歉，我們似乎太吵了。對不起，狩野學妹，回去時小心一點。」

「是的——沒問題！」

最後又朝幸太揮揮手，便踏著輕快的腳步走過座位之間離去。輕飄晃動的頭髮大概連髮尾都經過仔細整理，只見它在燈光下亮澤閃耀，連竜兒也忍不住看個不停。看起來就像是她的背後迸射感恩的光芒，或是拖著幸福極光的尾巴。

撥開那道光之軌跡走近的人是——

「……北村學長……你們會不會太過分了……！」

富家幸太。他擺著滿桌的教科書不管，眼神一轉變得晦暗，與剛才完全不同的他充滿怨恨地看著北村：

「我們全都聽見了。包括學長你的嗝，全部。所以小櫻尷尬地回去了。」

「抱歉抱歉，我們只是鬧著玩。」

「可惡……我恨你，我恨學長姊們……」

幸太冷漠地伸出手指在竜兒面前的桌上畫圈。手指畫過的痕跡乍看之下像是黑色的墨線。竜兒不由得屏息……不可能，應該只是看錯。

「對不起～一年級的學弟？因為你們兩個好可愛好速配，我們就忍不住捉弄了一下。不曉得你的女朋友有沒有因此不開心？」

「啊，川嶋亞美——川嶋、學姊。」

聽到這個鼻音，幸太睜大眼睛看著甜聲說話的美麗學姊，嘴邊突然露出微笑，感覺有些輕浮。能夠和學校的偶像兼現役模特兒亞美直接說話，他很明顯地變得有些飄飄然。

「剛、剛才不小心說恨妳……對不起，我也只是開玩笑的。」

他紅著臉搔搔頭，和北村說話時可不是這樣。

「小櫻也——啊，我的女朋友應該不會不開心，只是感到害羞。話說回來，其實她甚至說稍微捉弄我們也沒關係。我現在感到十分幸福。」

大河抖了一下，低著頭的她肩膀正在顫抖，就好像仰望空無一人的空間感到害怕的貓。

「她雖然回去了，我們明天很快就能見面，我們真的要好到令人害怕。真——的、該怎麼說、可以說好可怕……」

幸太的手指又一次無意識地在桌上緩緩畫圈。滴在桌上的水滴細細延長——描繪出莫名黏膩的線條。

「快到耶誕節了對吧？我好期待，這是我人生第一個有女朋友的耶誕節！因為學校有耶誕派對，我們沒去其他地方。不過因為我們是派對籌備委員，已經約好放學後一起過節，也約好要一直在一起。真的好幸福……咦？高須學長和逢坂學姊？對吧？對不起，我現在才注意到你們。」

或許是在派對籌備委員會裡經常碰面的關係，幸太注意到兩人的存在之後，有些熟稔地對他們微笑。「喔。」竜兒現在才對他舉手打招呼，大河則是堅持不抬頭。

「高須學長、逢坂學姊和川嶋學姊也都是籌備委員吧。我好期待耶誕夜的派對。大家齊心協力一起加油！啊……大家今天聚集在此，該不會是為了召開相關會議吧？」

「不是不是，像我就不是籌備委員。我們只是和北村同學同班，今天一起來這裡做報告而已。」

聽到実乃梨的開朗解釋，幸太理解地深深點頭：

「原來如此。對不起，我太期待耶誕派對，滿腦子都是那回事。那麼我就不好意思繼續打擾，反正小櫻也走了，我也該回家了。」

「真好，好恩愛的情侶。」

羞羞臉！面對実乃梨的捉弄，幸太開心地比個V字手勢。他明明不是這種人，看來是得意忘形過了頭。竜兒有點不知道怎麼反應，只能微笑仰望幸太的臉。

「我真的好幸福好幸福好幸福，幸福到不知道該如何是好……呵呵……恕我失禮，不過我想把幸福分給各位學長姊。」

咚!幸太突然伸手依序拍了北村、実乃梨、亞美、大河和竜兒等所有人的肩膀。他的動作很輕，幾乎只是摸了一下──

「……?」

但是被拍到的部位莫名沉重疼痛，竜兒不由得歪著頭。他到底對我們做了什麼?好像有股漆黑的黑暗、帶著濃稠的劇毒隔著衣服逐漸滲進皮膚，沿著血管流入心臟。竜兒自覺這種想法很愚蠢，仍然不禁按住肩膀。

「──希望各位的人生也有幸福快樂的好結局。」

竜兒再度仰望幸太的臉，他的臉上帶著同樣的微笑。

我先走了。竜兒僵硬地目送行禮離開的幸太背影，手不知為何無法離開肩膀。

「呀啊──!居然隨便碰亞美美!這是性騷擾!」

「哎呀，有什麼關係，反正只是開玩笑，而且不過是肩膀。如果他摸妳的胸部，那才需要驚嚇吧。」

「那樣豈是驚嚇就可以了事!」

看到亞美和実乃梨一起吵鬧的樣子，竜兒終於回過神來——對了，是開玩笑。沒錯。雖然我有奇怪的想法，也覺得莫名疼痛，不過這應該只是碰巧。也許是他的動作正好碰到肩關節的哪個穴道。竜兒重新打起精神，喝下可樂，但是馬上噴了出來。

「……噗！」

可樂裡不知何時浮著一隻不算小的蒼蠅屍體。對於有潔癖的竜兒來說，這可是相當嚴重的事。這下子我不就喝到蒼蠅屍水了嗎！他很想立刻含著剛才的殺菌凝膠漱口，只是不可能這麼做，只好快速喝下杯子裡的水。

「……各位……我有很不好的預感……大家小心一點……」

北村低頭看著自己被拍的肩膀，一個人低聲喃喃說道：

「……你們或許不相信，但是那傢伙——富家幸太的『楣運』會波及四周。幸太是如假包換的倒楣鬼，天生就十分不幸。只要違反他的命運變得幸福，幸太原本應該承受的不幸就會波及周遭眾人……這是真的，我之前就曾經親身領教。」

「啥～～？你在說什麼？怎麼可能有那種事？說什麼蠢話。對吧，老虎……老虎？」

亞美伸手頂了頂大河，原本低著頭的大河緩緩抬起頭——

「富家幸太是不幸的黑貓……光是看到他就已經很不吉利，更何況被他摸到……」

她茫然自言自語，用手磨擦幸太拍過的肩膀。看到她的樣子，亞美露出更驚訝的表情：

「連妳也說出這種怪話？煩死了，別再說了。話說回來，妳這樣說好嗎？妳不是到耶誕節為止都要當天使大河？說什麼被學弟碰到會倒楣，這種話等於是造口業，耶誕老人不會聽到嗎～～？」

「……也、對……嗯，說得也是……我不能說那種話……」

「沒錯沒錯。到底是怎麼回事？怎麼變得這麼沒精神？來，笑一個！SMILE！」

大河面前的実乃梨露出微笑，開朗大喊：

「對了，我們快點把報告弄完吧！高須同學，把那東西拿出來！」

「……那東西？」

「就是老大筆記啊。」

「喔，對了對了。」

因為這場小騷動，他差點忘了今天最重要的目的。

在実乃梨的催促之下，竜兒從大型托特包中拿出成疊的老大筆記。他們所要參考的那份報告，應該夾在數學筆記本裡。「不是這個，也不是這個……」竜兒把那些同樣封面的筆記本一一放到一旁。這時他突然想起一件事。

「高須，你有帶老大筆記嗎？」

也不是這個。收回包包裡。

他想起在學校教室裡發生的事。

「我數學有個地方不懂，想借老大筆記看一下，可以嗎？」

面對向自己求救的班上同學，他也簡單回應「好啊。」便從隨身攜帶的整疊筆記裡抽出一本交給對方。

在午休結束之前，對方拿筆記本來還，可是當時正好要換教室，竜兒和能登、春田已經來到教室外面，懶得再把筆記本放回座位。

「啊、嗯，你可以幫我放在我的置物櫃嗎？櫃子沒鎖。」

「啊啊，好，感謝。」

「……！」

其他四人不解地仰望吸了一口氣後不由自主站起來的竜兒。他們各個攤開教科書和報告用紙，手裡握著筆準備妥當，不過還是必須告訴他們。

沒有理由不告訴他們。

「我——忘了帶。」

倒楣、不幸、運氣好差……不，這是自己的錯、是自己太笨了。

「我忘了把報告帶來……放在學校、我的、置物櫃裡……」

＊＊＊

教職員專用出入口還沒上鎖，或許稱得上是幸運。

「……沒上鎖，也就是老師們還在學校裡吧？不曉得他們在哪裡？教職員室沒開燈。」

聽到大河小聲開口，「噓！」亞美輕聲斥責：

「聲音再小一點。我們沒穿制服，被發現會被罵……」

「……這樣啊……」

原本照在大河臉上的手機背光突然變暗，大河連忙闔起手機再打開。

深夜的學校裡，所有照明都已關閉。黑暗，寂靜，連小聲的私語都會拖長尾音迴盪。

他們能仰賴的只有綠色緊急出口燈，以及每個人手上的手機背光。竜兒和北村打頭陣，三個女生橫排成一列跟在後面，盡量避免發出腳步聲，提心吊膽地朝樓梯前進。他們脫下鞋子用手拿著，每個人腳上都只剩下襪子。不但身上穿著便服，還挑在這種時間進入學校，如果被老師或警衛發現可就不得了。

他們躡手躡腳地前進，沒想到——

「……嗯呼呼……」

実乃梨壓抑不住笑意而亂了氣息。竜兒忍不住回頭對著她在嘴巴前豎起手指。雖說她可能看不到。

「櫛枝別出怪聲，我們會被發現。」

「……哎呀……我理智上雖然知道，可是……嗯呼……現在這樣真教人忍不住……三更半夜的學校一片漆黑，靜悄悄……這可是做夢也遇不到的場面……」

——実乃梨很興奮，然而事實上空無一人的校舍令人不舒服。「小実該不會是認真的吧？」連大河也不安到發抖。

「……妳該不會是因為自己想來，才會提議要大家一起來吧……？」

「才沒有那回事。嗯呼呼、嗯呵、嗯呵呵……」

竜兒在家庭餐廳宣布自己忘了帶老大筆記時，已經準備一個人回學校拿。也打算要大家待在家庭餐廳等就好。

但是竜兒的意見遭到実乃梨否決。她說大家都要使用老大筆記，只讓高須同學負起責任太奇怪了，要用的人就一起去。我也會去，大家一起去吧！

北村也點頭同意。原本已經擺出「路上小心！」態度的大河和亞美也被兩個運動社團的成員強迫，只好一起到學校。

「……真想試試那個，拍一部類似『厄夜叢林』的電影……」

実乃梨盡力壓低的聲音裡，摻雜藏不住的亢奮。

「然後舉辦上映記者會……卻真的拍到東西……喂，你們不覺得那個樓梯上面很可怕嗎？一片漆黑完全看不見。用攝影機拍下來後播放出來，才會發現——咦？這是什麼？這是……那個嗎？不覺得奇怪嗎？是不是眼睛？好像有看不見的什麼東西……？大概就是這種感覺。那邊的……那個全黑的樓梯上面，事實上現在有人……不曉得是誰，總之正在低頭看著我們。」

「……！」

竜兒突然覺得黑暗像生物一樣晃動，差點弄掉照亮前方的手機。原來是窗簾——是樓梯間的窗戶打開了，那只是窗簾的影子。

「我說実乃梨……說真的……妳可以別再說了嗎？」

「……對不起。我只是開玩笑的，我會保持安靜。」

被亞美唸了一頓之後，実乃梨終於閉嘴。

五個人穿著襪子屏住呼吸走上樓梯。所有人閉嘴不出聲，四周只有「呼呼——」喘息聲和低沉的腳步聲迴盪。

躂躂躂躂躂、呼、呼、呼、躂躂躂、躂躂、呼、呼。

呼、呼、呼、呼、呼。

躂躂躂躂、躂。

呼、呼、呼。

躂躂。

呼。

躂躂。

呼。呼。應該有五人份的聲音吧？

竜兒想要開個玩笑，但是莫名地說不出口。

這可以開玩笑嗎？

……真的有五個人嗎？

五個人……都在嗎？

這種感覺。

人數好像有點少？

「……櫛枝，妳還是開口說點什麼吧。總感覺有股奇怪的不安……呃……」

竜兒回頭的瞬間，原本照著自己腳下的手機背光熄滅。四周一片漆黑，他瞬間焦急了一下，直到後面有人幫忙照亮，才藉著模糊的光源再次打開手機……

「……啊啊、嚇我一跳。太安靜的氣氛果然很怪——咦？」

轉身想要找尋実乃梨等幾名女生。

「喔、喂……北村，她們不見了……」

竜兒緊張地伸手想要抓住應該就在身邊的好友手臂，手卻撲了個空。還沒來得及確認，他的心臟已經加速跳動。

咦？不會吧？為什麼？「……騙人的吧？這是整人遊戲嗎？」竜兒想笑卻笑不出來。

他盡量裝作若無其事地用手機的亮光緩緩照向四周。慢慢確認事實之後，忍不住屏息，接著僵在原地。為什麼會這樣？

——怎麼所有人都不見了？

＊＊＊

「嗯？等等，這裡是幾樓？」

「咦？三樓吧？怪了……？沒錯吧？」

用手機背光照著彼此的人是実乃梨，還有北村。北村移動手機確認四周——慘了——端整的眉毛不禁皺起：

「……看來我們和其他人走散了。」

「咦——?騙人!怎麼會?為什麼?真的只剩下我們了。好奇怪,剛才我明明和大河、亞美並肩走在一起……怎麼會走散呢?」

「走散的不是我們,而是其他人。他們的感覺在黑暗中會改變,搞不好上樓去了。而且我們……也沒辦法大聲呼喊。」

這裡是三樓。

他們要前往的教室就在這一樓。

実乃梨想用自己的手機照亮疑似大家往上走的樓梯,但是手機的光頂多照亮半個樓梯,凝神注視靜悄悄的黑暗另一頭也看不出所以然,於是只好放棄,轉身看向北村。

「沒辦法……我想等他們注意到就會回來。我們先到教室去吧。」

「也對,我們去教室等吧。」

兩人一起用打開的手機照亮前進方向,在黑暗中並肩邁步。

熟悉的教室就在這條走廊盡頭。等距發光的綠色緊急照明燈照亮牆壁。他們小心翼翼踏入在漆黑之中沉默的走廊,並肩走向2年C班。

「……總覺得這麼黑,走廊似乎也變長了,北村。」

「……是啊,緊急照明燈看來好像不斷延伸到遠處……這只是眼睛的錯覺吧。」

「……看起來好像沒盡頭，真奇怪。」

「……這明明是我們平常走的那條走廊。」

對話到這裡停住。

綠色的緊急照明燈繼續往遠處延伸。

兩人的手機背光同時熄滅。

「……唔……」

「不妙不妙……」

連忙打開手機，小小的光芒讓他們鬆了一口氣。接著「我說那個！」「對了！話說回來……」兩人同時開口。先讓步的人是実乃梨。

「咦？啊，什麼什麼？你要說什麼？」

「不，也不是什麼重要的事……只是覺得好像很久沒和櫛枝兩個人單獨聊天。社團開會時也總是會有其他人。」

「啊——嗯，也對。我們最近真的很少兩人獨處。」

雖然壓低聲音還是一樣開朗，実乃梨在微弱的光亮中點頭：

「說起來我們最近好像很少和男子壘球社交流。男生最近也很少出來練習。」

「因為我們和女孩子不同，又弱又膽小。教練也受夠了。所以我們希望至少不要成為女生的絆腳石……才會變成這樣。」

「不會吧?你們真的那樣想嗎?耶──因為那樣所以不去運動場啊……呃,我的聲音會不會太大?」

「畢竟男子壘球社裡沒有像妳這麼有天分的人才。女子壘球社和我們的等級不同。」

「哇喔,那是什麼意思?別再說了,不然我會害羞。」

「可是這是事實吧?因為妳的才能帶領全隊,社裡的女孩子也逐漸變強了。就連學長姊也這麼說。」

「沒那回事沒那回事!聽到這些話我當然開心,可是!雖然開心……啊啊……我現在沒有辦法坦然為這一切感到開心。」

「怎麼了?一點也不像妳。」

「你看前陣子的練習賽,我的嚴重失誤你也知道吧?完全意想不到的疏失。可惡,那場比賽原本一定會贏的,卻輕易輸掉了。」

「每個人都會失誤,職業選手偶爾也會出錯。」

「問題在於為什麼失誤。失誤的原因……該怎麼說,不是技術上的問題,而是我自己、我這個人根本上的問題……吧。再這樣下去我還會不斷失誤,永遠陷在那個錯誤之中,脫離不了,也無法終結。」

「……發生什麼事了？」

兩人的手機背光再次同時熄滅。

在一片黑暗之中，実乃梨和北村沉默了一會兒。先亮起的是北村的手機。実乃梨有些低潮的臉浮現在手機光亮裡。兩人四目交會，実乃梨連忙露出笑容：

「哎呀，總而言之就是這樣。北村同學也多來練習嘛。偶爾我們兩人也來個傳接球暖暖身。啊、不過學生會長的工作很忙吧？」

「最近要準備耶誕節活動……不過，好吧，我會找時間過去。有些時候用直球溝通是最好的辦法。雖說我把很多事都往後延，不過壘球還是我的最愛。嗯，好久沒有這麼想要好好活動身體了。」

「就是那樣就是那樣！我等你喔。不過你也不用太勉強。你看來真的很忙。還有失戀大明神的工作。」

実乃梨的手機光芒照亮北村戴著銀邊眼鏡的端整臉龐。

「對。因為我是失戀大明神……我想盡量做好能做到的事，努力當好學生會長。」

「因為你是那位偉大的老大繼任者，對吧？嗯！加油！」

「沒錯！我們一起加油！好好地加油……然後……哈哈……被亞美那傢伙嘲笑，就像剛才那樣。唉……我也知道自己太執著，現在仍然無法放棄，簡直像個笨蛋。」

「沒那回事，一點也不奇怪，心情怎麼可能那麼簡單轉換。我想亞美那樣做，也是在用她的方式替你打氣。」

「是嗎？妳的解釋真善良……亞美現在一定在抱怨我們怎麼走失了、說我們不是很行嗎——？啊哈哈——！她八成認為我們正躲起來鬼鬼祟祟。」

「哈哈哈！搞不好喔。現在這種時候一定會被她說嘴。」

「真是的，她一定會說我們將來會怎樣怎樣。」

「真的耶。我和你只是同樣都是壘球社，從一年級開始就在一起打球，還因此彼此都當上社長。」

「集訓也一起、開會也一起、練習也一起……還同班。說到一起，暑假的旅行也是一起去的。」

「那次的恐怖大作戰真的很有趣！我們一起騙過高須同學他們，對吧？呵呵呵……我們真的好蠢，三更半夜裡還兩個人偷偷準備。」

「在洞窟裡做機關！那次做得真好——這麼說來也是。」

背光再次同時熄滅，兩人的身影沒入低垂的黑暗中。

他們只是同時稍微屏息。

「……在旁人眼裡看來，即使我們在一起也沒什麼好奇怪吧。」

正當他們因為初次發現的現實而停下腳步之際。

在填充四周的沉重黑暗之中，実乃梨與北村看不見彼此。啪嚓。兩人打開手中的手機，微弱的青白光芒再度照亮手邊。

「唔哇啊啊啊啊！」

「噫——……這……這什麼？嚇死人了！」

他們因為突然出現面前的人影而驚訝慘叫，立刻看出那是自己的身影倒映在走廊的鏡子上。「我還以為心臟要炸開了！」「別在這種地方擺鏡子啊！真是！不過真嚇人——！」実乃梨和北村摸摸起雞皮疙瘩的皮膚，笑了出來。

「……嗯……？」

「……怎、怎麼……？」

鏡子裡的北村一頭摻雜白髮的亂髮，一身邋遢的運動服打扮。變胖的実乃梨莫名只有臉頰顯得憔悴，眼神空虛。在他們兩人背後——呵呵，爸爸、媽媽、這邊、這邊、在這邊——交疊的嬌小身影不停搖晃。

他們喊著：快點過來這邊。

＊＊＊

『……也就是說日本人活躍的舞台除了全世界，還擴展到了宇宙！連海外媒體也大幅報導狩野堇小姐的活躍！』

『真是太驚人了！狩野堇小姐休學離開日本的高中，毅然決然前往海外，這個決定對人類來說帶來莫大的成果。』

電視螢幕裡，新聞畫面中的人驕傲地揮手。

亮澤的長髮如年輕武士般整齊紮起，充滿女人味的端正美麗臉孔表情嚴肅，站在插著美國與日本國旗的講台前面。即使面對成排各國媒體的閃光燈，她的背脊昂然挺直。

身後的白人男性，以及和他抱在一起有如天使一般的十幾歲少女也出現在電視上。他流著淚用英語對鏡頭說話。字幕跑過——她是最特別的。身為堇的丈夫我很光榮。堇從過去不曾有人到過的地方回來了。堇正是未知領域精神的真正實踐家。

「你又在看那個DVD？夠了吧。」

「……」

「……喂，這樣我沒辦法收拾，那個不吃了嗎？不吃就說一聲——」

北村伸出像個老人的乾瘦右手，沉默地將半碗已經變冷膨脹的拉麵推向実乃梨。

「真是的……不吃就早點說啊。也不替負責收拾的我想想。」

這是自言自語。明明兩人只隔著一張小桌子。

她一轉眼把難吃的拉麵掃進胃裡。這樣總比丟進垃圾桶好一點。実乃梨一邊揉揉長贅肉的肚子，一邊斜眼看著自己的老公。

這個大叔整天只是不斷重複看著錄下來的電視節目，專注到近乎危險的程度。

那就是她的老公，也是她以前的同學。

北村祐作。

亂糟糟的半白頭髮，以及終日無所事事而枯槁的身體，看起來真的像個老人，事實他根本不到四十歲，然而這個肉體似乎也隨著「已經終結」的靈魂一同腐朽。過去雖然工作過一陣子，最近已經完全大門不出、二門不邁，只是像這樣坐在客廳裡一整天，手拿著遙控器不斷反覆播放幾個月前的新聞畫面。

「……婆婆匯了這個月的房租過來。」

「……」

「聽見了嗎？偶爾也該由你打通電話道謝吧。每次都是我……總覺得……很內疚……」

「……」

不管她說什麼，丈夫的視線都不曾離開過電視畫面。事到如今実乃梨已經不會因為這個模樣感到受傷，她只是機械式地站起來，把吃完的餐具拿到廚房。

如果沒有被公司開除，結果至少會變得不一樣吧？她開始在小洗碗槽裡清洗一律百圓的廉價餐具，同時思考一樣的事。已經想了好幾年的事，今天也同樣思考。

跨越太平洋對日本太空人狩野菫進行的跟蹤行為，遭到她的經紀公司提出告訴，果然造成嚴重打擊。雖沒有入獄服刑，但是判決有罪，並且禁止再度踏上美國領土。事後的精神錯亂也很嚴重，在公司搗亂而遭到解僱，在目前這個景氣之下幾乎找不到什麼像樣的工作。

「真是的……到底是哪一步走錯了……？」

実乃梨心想：那位曾經耀眼的好學生北村祐作上哪去了？櫛枝実乃梨也是，又上哪裡去了？那個開朗積極又快活的她究竟怎麼了？

洗碗精搓不出泡沫，碗盤怎麼洗都是黏黏滑滑。算了。隨便沖過水之後，把碗盤擺進黏滑發黑的瀝水籃。無法收進櫃子裡的餐具堆積成山，勉強保持平衡疊在一起。

「不如就和北村同學結婚吧。」——回想起有這種想法的當時。

當時的他一直執著於已逝的單戀妄想，実乃梨甚至覺得他或許有點不正常。不過既然當了那麼久的朋友，跳過交往那一段直接結為夫妻，似乎也可以接受，最重要的是父母一定會替自己高興。那時的自己雖然因為壘球加入業餘球團，卻因為壘球不屬於奧運項目再加上經濟不景氣，結果球隊解散，在公司也沒有容身之處，陷入走投無路的窘境。必須做點什麼、必須有些改變、總得想想辦法——她一直在思考這些事。

高須同學當時曾經拚命阻止。這麼說來——実乃梨想起痛苦的回憶而咬住嘴唇。如果當時接納他的勸說，想必狀況就不會是現在這樣。可是他勸到最後，一定會加上一句沒自信的話：「唉，不過我沒有立場說什麼……」接著把眼睛轉開，讓人不禁心想：既然如此，你就別說了……

実乃梨也曾經想過，結婚之後生了孩子，或許北村就會清醒過來，停止變態的跟縱行為。他們兩人的孩子一定會繼承兩人的運動神經，或許有機會在棒球或是壘球方面持續發光，實現実乃梨無法實踐的夢想。

然而懷孕這個沉重的事實，只是帶給丈夫多餘的壓力。他們的第一個孩子，正好在他遭到狩野菫的經紀公司起訴那個月誕生。生下第二個孩子時，他則是遭公司懲戒解僱。

不，應該在更早之前。

在高二結束時失蹤的好友如果陪在自己身邊，這一切肯定不會是這樣。那個小老虎——最喜歡的大河從那時起就斷了聯絡。大家一起去沖繩的校外教學成了最後的回憶。

大河開始請假，接著休學申請書在某天寄到學校，就此毫無音訊，如同魔法一般消失無蹤，也不清楚她是不是還活著。升上三年級就休學的川嶋亞美也完全沒有聯絡。只是她因為成為女演員，最近時常會在化妝品廣告看見她，所以至少還能確定她仍活著。

事到如今也無能為力，但是如果當時有哪件事、有選擇不一樣的答案……就算是偶然的機運也好，踏偏一公厘也好，只有瞬間也好，假如有哪一顆齒輪碰巧偏離軌道，或多或少與眼前的現實不同，一定不會變成現在這樣。

客廳傳來擤鼻子的聲音。

他又在哭了。

実乃梨明白他在為了自己沒有在應該追上去時追上仰慕許久的狩野堇而後悔，也因此大受打擊。

不斷表示高中畢業要馬上前往美國的北村，在畢業典禮之後和學生會學弟走在一起時，遭遇不幸的意外。他因為那場車禍必須住院幾個月。

那個春天的幾個月，遠在美國的狩野堇也正好因為壓力而臥病在床。此時的她最希望能夠獲得某個人直接的支持，後來成為她丈夫的男子也在這時出現在她面前。事情發生在那一年的五月。等到北村終於能夠前往美國時，狩野堇不巧去了倫敦，因為男友的強迫邀約讓她找回活力，加上交到其他朋友，這場突如其來的愉快旅行化解心中的陰霾。北村祐作與狩野堇後來根本沒有機會碰面。

「……我們真的只差那麼一點……真的只是那麼一點點，可是全部……」

嗚嗚嗚。実乃梨放任丈夫不停哭泣，關上水龍頭。

「全部變成……完全不一樣的結果……」

她用掛著的毛巾擦手時，「媽媽！我們回來了！」「肚子好餓！」小孩子的吵鬧聲響起。

「回來啦。哎呀，已經這個時間了？糟糕，必須去打工了！」

「出門前先給我們一些吃的！快餓死了——！」

「我們今天被教練稱讚了！」

「好好！」実乃梨隨意回應爭先恐後的稚嫩聲音，急忙看向時鐘。今天也是打工的日子，早已過了非出門不可的時間。

「啊，爸爸又再看那個！好煩喔！」

「讓開一下！我們要看這個ＤＶＤ！今天教練借給我們參考的！」

孩子們毫不留情地從父親骨瘦如柴的手裡搶過遙控器，身上仍然穿著沾滿沙土的運動服，兩人吵吵鬧鬧坐在電視機前面。失去容身之處的父親北村像個活死人消失在臥房。上面寫著「全國高中足球絕技大集合第1集！一定要看☆！」的光碟放進播放器，兒子們以期待的目光等著片子播放。

「你們兩個——！媽媽要出門了，外婆等一下會過來，再請她煮東西給你們吃——！」

對，外婆——慶幸的是実乃梨的母親在実乃梨打工這段時間會過來幫忙照顧兩個男孩，還買了ＤＶＤ播放器。

如果說這也是個錯誤，應該會遭到天譴。

請母親帶著少棒隊申請書和兩個小鬼前往社區活動中心，卻陰錯陽差加入隔壁的足球隊

……這種小錯誤就忘了吧——実乃梨搖頭。

~END~

＊＊＊

「可惡，又來了……奇怪，為什麼會這樣？」

您所撥的電話目前在收不到訊號，或者電源沒有開啟——這已經是不知道第幾次聽到的制式回應。大河不解偏頭，同時繼續重撥不知道第幾次給実乃梨。在校內居然收不到手機訊號，這種事真是前所未有。

「祐作也聯絡不上。高須同學呢？」

「竜兒也一直在收不到訊號的地方。難道我們的電話有問題嗎？」

「怎麼可能，要不然妳打給我看看。」

大河在黑暗中快速動動手指，從通訊錄找出「蠢蛋吉」後按下通話鍵。過了一會兒。

「看，響了響了。很正常啊。」

亞美手中的手機很正常地開始震動。

「真的耶。果然是小実他們所在的地方剛好收訊不好。」

「應該是。啊——真是的，他們到底去了哪裡？」

在三樓樓梯間的亞美和大河以手機背光照亮四周，同時一起小聲嘆氣。

她們原本應該是和実乃梨勾著手臂，跟在兩名男生後面上樓，等到亞美和大河注意到時，已經剩下她們兩人。本來在她們兩人中間的実乃梨不曉得去了哪裡，變成亞美的右手和大河的左手挽在一起。

「沒辦法……老虎。」

停止對話的同時，樓梯平台變得一片寧靜，彷彿耳朵被誰摀上。

「……嗯？」

「我們自己先過去吧？我記得高須同學說過放在教室的置物櫃裡吧？」

在亞美高舉的手機背光照耀下，大河伸長脖子看向漆黑的走廊底端，然後縮縮肩膀：

「不要吧，那裡好黑……好像有點可怕……」

大河說得沒錯，這條平常走慣的走廊現在一片漆黑，只有緊急照明燈的綠光不斷延伸。走廊盡頭看起來莫名遙遠，讓人不自覺地感到害怕。

「……也對，還是算了。我們就在這邊等吧。反正他們回來時一定會經過這邊。」

「就這麼辦。這是蠢蛋吉做過最聰明的判斷。」

「話說回來，到底為什麼我會和妳這個完全派不上用場的傢伙留在這裡……亞美美真是太可憐了！」

「沒那回事，與礙手礙腳程度第一名的蠢蛋吉一起待在這裡的我比較可憐。」

「啥？妳說什麼？比起我，妳可是遠遠——啊。」

「……唔哇，好黑……什麼也看不見，眼睛感覺好奇怪……」

兩人手機背光同時熄滅，她們被四周的黑暗包圍，連忙一起再次打開手機——

「……蠢蛋吉，我收回剛才說的話。我全靠妳了。」

大河把自己的手機拿到亞美面前。

「妳幹嘛突然……咦，什麼意思，不會吧？」

手機螢幕右上角顯示電池殘量的標誌閃著紅光，就算隨時沒電也不奇怪。可是大河想要依靠的亞美也把手機拿給大河看：

「我說……我的也是這樣。都是因為剛剛一直打電話的關係。」

「……不會吧～～……真是倒楣透頂……」

亞美的手機電池標記也顯示紅色，和大河一樣快要沒電了。

「真的，我們真的好倒楣。」

「蠢蛋吉，我們別再利用背光了。在這邊坐著不動等大家過來吧。」

「也只有這個辦法了。」

兩人並肩坐在樓梯，闔上手機。四周再度一片黑暗。也不曉得是誰先移動，總之兩人靠在一起。

「好、好冷……！」

「屁股好冰……開始覺得冷了……」

她們抓著彼此的手牢牢靠在一起。貼近到這種程度，應該不會再發生剛才那樣不知不覺人就不見的情況了吧。

坐在樓梯角落的兩人在黑暗中抓著彼此，對話斷斷續續，黑暗與沉默的時間成對比，逐漸地慢慢加深。

「吶……老虎，妳說點話啊。這麼安靜好可怕。」

「……啊啊……說到可怕，妳不覺得小実剛才說的話很恐怖嗎？」

「……為什麼要挑現在這時候說那件事？」

「我、我只是剛好想起來嘛……」

兩人一起抬頭。樓梯上面那個深沉黑暗之中，那個不該被看見的不屬於這個世界的人，如果正往下看著這邊怎麼辦？她們忍不住有了這種想法。而且雖然不是故意的，大河還在繼續補充：

「幽靈也就算了……如果是普通的變態老頭搞不好比較恐怖。他看著我們走進學校，追著我們來到這裡……噫！好可怕……！」

說出這些話的大河忍不住渾身發抖。

「閉嘴啦！幹嘛自己嚇自己？說點普通的事！啊，對了，妳有沒有好好練習？」

「樂團嗎？嗯，有有，當然有。」

「歌詞呢？記住了嗎？」

「歌詞記住了！不過舞蹈動作完全記不住。」

總算成功脫離恐怖模式。她們兩人將在耶誕派對上，擔任樂團主唱。包括身為團長的學生會書記在內，三個女孩子認真思考搭配的舞蹈。

「令人擔心……妳要好好主動練習並且記住喔。下次大家可以聚在一起練習的時間……應該是後天。說來能夠一起練習的機會也只剩下三次。」

「我知道。吶，唱歌可以交給書記，還不太需要擔心。」

「書記的歌聲真是好聽。聽說她有參加和其他學校學生共組的樂團。」

「耶——難怪。我和蠢蛋吉的歌聲實在不怎麼樣，所以至少要好好打扮，充充門面。對了對了，我正好找到適合的禮服，已經送去洗衣店清洗了。」

「鞋子怎麼辦？妳有高跟鞋嗎？」

「有有。國中畢業典禮之後，必須穿著禮服參加謝師宴，我還留著當時的鞋子。雖然完全沒在穿，幸好有把它從老家帶出來。」

「亞美美買了Christian Louboutin♡卻沒有機會穿～～只是穿上它就好幸福♡話說回來，舞蹈練習時最好穿著鞋子練，否則正式上場時因為不習慣高跟鞋而跌倒就難看了。」

「咦？在家穿高跟鞋？」

「地上當然要鋪上報紙，或是把鞋底擦乾淨。然後對著鏡子……我記得妳房間有面大鏡子吧？在那裡照鏡子練習剛剛好。」

「在房間練習會被竜兒看見。」

「有什麼關係？說到這個，我一直很好奇妳為什麼要瞞著高須同學？你們平常不都是甜蜜得要命嗎？」

「誰甜蜜得要命了！居然和北村同學說一樣的話！這是學生會執行部加上我們的驚喜企劃，想要給所有籌備委員，包括竜兒在內一個驚喜，如果不瞞著他就沒有意義了……竜兒很用心，可是再這樣下去，他始終只會是這場派對的工作人員而不是參加者吧？我希望至少讓竜兒以參加者的身分體驗一下派對的樂趣。」

「耶——『竜兒很用心』……啊。妳真是體貼。」

大河瞬間沉默不語。在看不見表情的黑暗中，只能聽見彼此的呼吸彷彿在找尋彼此的真心一般持續。

「……對啊，我好體貼，因為我是天使大河。」

「也對，妳是天使大河，即將在耶誕夜帶著奉獻精神漫步，向人們散播幸福。」

「對，沒錯。這種事情蠢蛋吉也懂嘛。」

「然後在妳散盡羽毛分送完幸福、變得光溜溜之後，就自己跳進烤箱裡化身烤全虎，分送最後的幸福。」

「那是什麼！我才不會幹那種事！」

「啊，不會嗎？咦——」

「怎麼可能！我……只是、只是唱唱歌而已！」

「而已嗎？嗯。唱唱歌、跳跳舞……化妝打扮……以美麗的模樣示人，讓人開心……如果只是那樣就能夠搞定一切就好。」

亞美的語調中不知不覺攙雜自虐：

「我是模特兒，漂亮到能靠這張臉賺錢，為什麼只有『那個』得不到……呢？我和妳都是天生的美女，不過光是這樣不夠，妳應該也不懂為什麼吧？應該會認為我們應該要被其他人奉承吧？」

「……我沒有那麼想過。」

「……是嗎？」

兩人仍然緊抱彼此的手臂，再度中斷對話。她們害怕黑暗中某個看不見的東西，身體靠在一起繼續坐著，依靠彼此的體溫，忍受黑暗寂靜空無一人的不安狀況。因為她們的身高差距，大河的太陽穴一帶正好抵著亞美的肩膀。亞美偏著頭，靠著大河柔軟的毛線帽纖維。

在太過安靜的黑暗裡——

「……嗯？電話在響。蠢蛋吉？原來是我。」

「我的也響了。兩邊都在響。」

擺在兩人腿上的手機各自發出震動，讓她們嚇了一跳抬起頭。或許是那些走失的傢伙總算打電話來了。她們一邊注意電量一邊打開電話，看向來電者的名字。

「……咦？這是怎麼回事？怎麼會？」

大河看著亞美朦朧的臉。

「這——不可能吧？」

亞美也睜大眼睛看著大河的臉。

她們握著仍在震動的手機，盯著彼此的臉。這是怎麼回事？不可能，兩人明明正坐在一起，到底是怎麼辦到的？

「蠢蛋吉……妳、妳不接嗎？不接我打的電話……」

「……我才想問妳怎麼不接我的電話。該怎麼辦……？應該說……這、接起來……」

亞美可能打給大河，大河可能打給亞美嗎？

無所謂，快接啊！快，叫妳接！快點接，蠢蛋吉！接啊，老虎！兩支手機彷彿催促一般持續震動。

「……會和誰連上線……？」

＊＊＊

「啊——！快看這個！小実的老公確定進軍大聯盟了！」

「咦！哪裡？」

亞美從隔壁椅子探頭看向大河手上的體育報。実乃梨幾年前嫁的棒球選手名字化成大字躍然紙上。真的耶~~好厲害——亞美眨了眨深黑色睫毛：

「『擔任體育主播的愛妻櫛枝実乃梨與四歲的長男也預定一同赴美』——啐！她終於要出國當貴婦了嗎！真無聊！」

「蠢蛋吉！法令紋！每造一次口業，皺紋就會加深喔！」

「……嚇，不妙……我隨便說說的，剛才不算，実乃梨恭喜妳♡雖然妳聽不到，亞美美還是在這裡支持妳♡……不過話說回來……真好～……太令人羨慕了。」

她轉而看向鏡中的自己，噘起嘴巴呼口氣。看到鏡子裡的大河專注看著報紙上的每個字，甚至不在乎散落在低俯雪白額頭上的頭髮。

「……要不要寫個訊息恭喜她？她的手機號碼應該沒換吧。」

「不了。報導得這麼大，她一定很忙。再說一切也已經無濟於事。」

終於抬起眼睛的大河小聲說道，喝口原本忘記的寶特瓶裝茶。瓶子雖然寫著烏龍茶，裡面裝的茶卻是自己在家泡的。雖然只要開口就會有人送茶過來，但是她們兩人仍保有貧窮時期的習慣，隨身帶著自己泡的茶。

雖說那也不是她們泡的。

「無濟於事嗎？說得也是……」

「是啊。話說回來，蠢蛋吉，妳的腮紅要不要再濃一點？」

「嗯，雖然我也想——」

聽到搭檔大河的意見，亞美又一次凝視鏡子裡的自己，以手背輕輕觸摸臉頰。過去如同棉花糖一般令她自豪的觸感已經不再。她靠著厚厚的粉底讓肌膚質感保持一致，但是一摸就會發現上面全是一粒粒討厭的突起，再擦上更濃的腮紅，只會清楚突顯臉上的粉刺。

「……狀況不太好，看來果然是上了年紀？不對……大概是太累吧？」

「是妝和燈光太強的關係。」

「可是妳看來還好？」

又一次從頭閱讀體育報的大河臉頰，看來依然保有彈性。

「糟糕，很糟糕。」

但是她本人似乎不同意：

「今天好像也過敏了，從剛才開始眼皮就癢得不得了。」

「真的假的？妳不要緊吧？藥呢？」

「因為要化妝，眼影會擦不上去，所以沒擦藥。」

哎呀。亞美轉身看向大河。大河稍微彎起嘴唇，微笑表示不要緊。她頭上超大的蝴蝶結因為她的動作而有些歪斜。

「哎呀呀……不好，我重要的標誌。」

大河連忙按著打結處。那東西一般稱為「阿呆結」少了它的大河就不是大河了。

附帶一題，亞美的是「傻瓜花」——同樣超大的人造花在頭上綻放。那個引人發噱的頭飾正是兩人的記號。

巨大的愚蠢頭飾與人人認同的美貌有所落差。同樣穿著層疊蕾絲迷你裙的兩件式服裝，兩人的胸圍卻像是故意地有著莫大的差異。這兩種落差就是「TIGER×CHIHUAHUA!」的武器。她們兩人……不，三人……不，是四人已經靠這招餬口多年。

「這份報紙我要帶回家。上面有張小実的小照片。」

大河露出開心的笑容，折起休息室裡的體育報。在哪裡？亞美湊過去一看，上面的確有張正方形小照片，寫著體育主播櫛枝実乃梨。

亞美腦中瞬間浮現実乃梨當時的笑容。滿是泥沙的臉頰流下汗水，臉頰在夏天被曬得黝黑，有如兔子的門牙十分潔白。亞——美！直爽的呼喚方式，那個女孩子如今到哪去了？照片中是個潔白無瑕、頂著俏麗短髮的女子，以爽朗笑容手握麥克風，將聲音傳遍全日本，今後或許將傳遍全美國。

「該怎麼說……実乃梨要去遠方了。我們的距離到底是從什麼時候變得如此遙遠？」

「只要搭半天飛機，馬上就能夠抵達美國了。北村也在那裡，只要想見面，隨時都能見得到喲。」

「我說的不是那個意思。」

実乃梨與自己的距離產生決定性的改變，大概是從実乃梨以新人身分破例受到拔擢，成為夜間新聞的體育主播開始。亞美再度仔細檢視鏡子裡的自己，把塞在胸墊中原本就不小的

胸部用力從左右推近。

的確曾經有過嫉妒。

那個実乃梨變成那麼美，從事那麼光鮮亮麗的工作，正因為自己待在類似的業界，因此無法壓抑那股情感，整個人逐漸被吞沒。嫉妒的亞美清楚実乃梨完全不曾想過要從事體育主播這份工作，因此更加無法饒恕她。

還不都是妳那位職業棒球選手弟弟的關係。靠著壘球方面的努力進入體育大學，搞到最後還是靠弟弟的關係。如此說道的亞美受不了對自己的厭惡，自暴自棄地脫離因為父母的關係，從少女時代就隸屬的經紀公司。

轉到知名模特兒經紀公司後，接了幾個廣告工作。結果才過了一年就發現那只是見面禮，到頭來她還是必須仰賴父母的臉色。

後來演變成沒有任何工作。她急著想闖出知名度，無奈卻沒有其他會做的工作。高中也是念完高二就休學，認真檢討自己才發現實在很悲哀。沒有學歷、沒有工作資歷、沒有專長也沒有證照，除了長相之外什麼也沒有——彷彿沒有任何武器，全裸站在荒野之中。

「蠢蛋吉，今天錄完影之後，我們喝一杯再回來吧。不要喝太多，當作是為小実慶賀。」

「好，走吧！他們說幾點結束？我想去上次的酒吧。那個酒保好可愛，我滿喜歡的～～今天就去好好疼愛他吧～～♡」

「啊哈哈，壞心吉出現了！」

「亞美美什麼壞事都不會做喔♡」

鏡子中搞笑的自己似乎多了當時沒有的東西。妳好漂亮——大家現在仍會這樣稱讚，不過果然還是看得出這個年紀才有的疲倦。

對了，我已經超過百合老師當時的年紀了——「至少要撐到畢業！」亞美想起對自己說過這句話的導師好久不見的臉。「我會在演藝圈這條路上繼續走下去，沒關係～～♡」到了現在這個地步，亞美真想痛毆當天如此反駁的自己。從那之後究竟經歷了多少辛苦事？

高中二年級的寒假，因為工作的關係去了一趟夏威夷，原本打算在第三學期的開學典禮當天回來，卻因為飛機出狀況而延後一天返國。抵達日本時已經是早晨，實在沒辦法上學，於是直接向學校請假，結果大概是因為疲勞的關係引發感冒，後來就有時上課有時請假——倒楣的是校外教學變成滑雪集訓，這種身體不可能參加，於是也缺席校外教學。

算了吧——她不禁有這種想法。

原本感情很好的麻耶和奈奈子，話題逐漸對不起來；大河和実乃梨，以及大河和竜兒、実乃梨和竜兒也因為不明的原因保持距離，亞美認為自己已經沒辦法，也沒立場介入。

接到竜兒的電話，是她不理會導師的阻止堅持休學，回到老家整理行李時的事。「大河在不在妳那邊！」焦急的聲音讓她知道逢坂大河失蹤了。大河沒有告訴任何人要去哪裡，只向學校提出申請書就休學了。

「啊、啊！嗯、嗯、嗯、啊——！嗯，喉嚨狀態不太好。今天可能不太能夠大聲說話。」

——此刻正在進行發聲練習的大河，不是逢坂大河。

她們偶然重逢時，大河已經改了名字。

沒有工作的亞美暫時靠著存款度過困境，等待情況好轉，但只有等待改變不了什麼。那天有件她過去從來不曾考慮的小案子，必須去充當市中心某家美容院的代言人，因此前往某家美髮沙龍。

「……老虎？」「蠢、蠢蛋吉……！」她們在那裡感動重逢。大河正在擔任無趣的髮型模特兒工作。

大河對於自己的遭遇，只有簡單說明因為父親財務出狀況，於是她和母親、繼父，以及他們的女兒一起住，結果還沒滿二十歲就離開家。生活雖然貧困，不過她利用自己的美貌擔任化妝模特兒、髮型模特兒、和服模特兒等，一個人還是能夠勉強度日。

兩個人從那天起便住在亞美家裡。不曉得為什麼，大河拒絕與竜兒、実乃梨聯絡，甚至不想見到他們。唯一聯絡的人是北村。在北村赴美結婚之前，曾經打通電話給他。大河仍以令人懷念的稱呼「失戀大明神」叫亞美的青梅竹馬，亞美至今依然覺得那應該有所含意。

大河總算願意見実乃梨和竜兒，是在実乃梨結婚典禮當天。在那之前，當実乃梨與弟弟的隊友交往的消息公開之後，她就一直在忍耐吧。總之大河說要去見小実。

亞美和竜兒從婚禮開始就在現場，大河則是直到自由參加的第二次續攤才露臉。実乃梨和竜兒看見大河都很驚訝，最後變成三人大哭的再會場面。大河和亞美因為過去一直瞞著兩人而感到尷尬，彷彿套好一般拚命說個不停。

然後到了現在。

「差不多該開始錄影了吧？」

「也對。好，今天也要加油，老虎！」

亞美把頭上的傻瓜花往上一撥，重新打起精神。大河也把手伸入比基尼裡調整為了讓原本就很平坦的胸部更加平坦而放入的胸墊。

妳們是模特兒？長得既漂亮又有趣呢。一同參加第二次續攤的電視台製作人注意到她們。當時十分流行搞笑藝人，沒錢也沒有其他工作的兩人，非正式地在節目上以「TIGER×CHIHUAHUA!」的形象露臉之後受到好評。在互相吐嘈之後，把大小呈反比的胸部貼在一起，「好像有——！」「好像沒有——！」只是這樣興奮大喊，就能夠賺到充足的錢供兩人、不，三人……四人生活。

「喔！差不多該上場了，大河！川嶋！」

沒敲門就把門打開，頭髮全部往後梳、一身西服搭配太陽眼鏡的竜兒出聲喊道。可怕的長相因為打扮更加嚇人，幾乎像個黑道。為了保護這對不紅的前模特兒性感搞笑團體，這是最好的方法。外人看來只會認為她們的經紀人是黑道。

「啊，高須～你看到體育報了嗎？上面有驚人消息喔～」

「早就看到了，妳是說櫛枝吧？哪有什麼好驚人……話說回來，大河，妳在做什麼！快點快點！還在那邊悠閒照鏡子！」

「嗯——吶，竜兒，總覺得蝴蝶結……」

「怎麼了？我看看。」

一針一線縫出這身服裝，以及住在同一棟大樓不同樓層，負責幫她們做家事的人都是竜兒。再加上三人的教母：高須泰子。

他們因為各種偶然演變成一起和樂生活，這樣的生活將會不斷繼續下去。保持完整的三角平衡，缺一不可，少了一人就無法成立的人生，是由蝴蝶結、花朵與四個胸部所交織。直到死亡那天，不，或許到下輩子仍是如此。

一邊朝充滿眩目燈光與歡笑聲的搞笑節目攝影棚邁出步伐，亞美一邊心想。相信對方也是同樣想法。

我們這樣很好。

~END~

＊＊＊

「……！」

感覺似乎從哪裡傳來慘叫聲，讓他差點弄掉手上的筆記本。

大概是錯覺吧。竜兒僅靠著手機光亮重新鎖上牆邊置物櫃的門鎖。不出他所料，夾著報告的老大筆記被他遺忘在自己的置物櫃裡。

雖說他沒理由害怕黑暗──

「……真是……大家都跑哪去了？」

直到現在都無法和走散的其他人會合，心裡還是感到不安。這到底是怎麼回事，怎麼所有人的手機同時訊號不良？

站在2年C班教室前的走廊上，環顧漆黑的四周好一會兒，沒有光亮靠近，也聽不見任何人的腳步聲。他記得自己說過忘在置物櫃裡，也相信大家終究會來這裡集合。

「……我該不會……沒說過吧？」

記憶很模糊，各種想法紛紛湧上心頭。不好，搞不好真的沒說。或許我只說忘在學校。

竜兒一個人站在空蕩蕩的走廊上，四周太過安靜，連自己的呼吸聲音聽來都格外大聲。有些猶豫的他邁步前進。總之這裡實在太暗了，先離開校舍，等走失的傢伙打電話過來吧。也許下樓時會遇到，或者大家都到外面去了。

仰賴手機微弱光芒照亮腳下，竜兒不由自主在走廊上稍微加快腳步。他準備前往的樓梯間更是一片漆黑。

竜兒盡可能什麼也不想地持續移動左右腳。一旦承認可怕，或許真的會癱軟在地。走廊感覺詭異地長，怎麼也走不到明明近在眼前的樓梯。自己的前後左右四周都是一片漆黑，這樣一來就算有人也不知道，也不知道是否有人正在這樣的黑暗中看著自己。

好可怕……他忍不住出聲呻吟。可怕的是他本能感覺到四周存在平常感覺不到的東西，腦袋因此發出警告。這時想起一件奇怪的事。很久以前他曾在電視或是哪裡看過，本來已經忘了，偏偏挑在這個時候想起。

因為以那種方式來說，此刻這種莫名的不安與恐懼，是因為附近真的有東西所致。

「……忘了吧忘了吧……語尾加上未然形是す、さす、しむ……♪」（註：竜兒背誦的是日文中的古文文法）

自顧自地像個笨蛋地唱出童謠的旋律。

「る、らる、ずじ、まし、まほし、むん、むす……連用形，つ、ぬ、たり……」

管他有沒有人。

「……き、けり、けむ……還有什麼，後面是、嗯……啊——」

好不容易來到樓梯間，換了一個不同的童謠旋律。

「商、周、春秋戰國……秦、西漢、新、東漢。」

進入三、國、時、代，來吧，一起跳舞！嘿！從這裡開始是RAP風格，這是竜兒從國中養成的習慣，他堅持這樣背。

「西晉東晉南北朝時代！隨唐五代！北宋！南宋！元！明！清……」

差一點抵達中華民國時，他的身體突然飛在空中。穿著襪子往前跑的雙腳一滑，整個人從樓梯頂端摔下去。

從這麼高的地方摔下去肯定不妙，這下糟了。腦袋裡瞬間只有這個念頭——

＊＊＊

緩緩睜開眼睛，首先看見的是光。天花板日光燈的人工白光刺痛眼睛。眼睛似乎閉了很長一段時間。轉動脖子。

「……喔？這……這裡是……？哇啊！」

注意到瞪著自己的視線，他忍不住大叫：

「會、會被殺……」

彷彿日本刀危險吊起的三角眼，有如收縮黑洞的小眼珠，長相接近爬蟲類鬼臉。與一看就知道「很危險」的人近距離四目交會——

「……啊……什麼啊，原來是鏡子，嚇我一跳……喔！」

又一次大叫。

從埋在枕頭裡的臉旁鏡子裡看著自己。四目交會的意思也就是說映在鏡子裡的人——

他傻傻地張大嘴巴，鏡子裡的鬼臉也同時張嘴。

這個陌生的長相（鬼臉）就是我映在鏡子裡的臉。不會吧？配合他無聲呻吟的模樣，鏡子裡的人也動了嘴巴。可是、可是。

「等、等等……我……！喔，我……」

我不認識這種長相的傢伙。真的不認識。起身之後發現自己身上穿著醫院病人的服裝，茫然看向四周。白色床鋪、白色天花板、這個味道、這種感覺，在在清楚告訴他——

這裡是醫院。

「竜兒、竜兒！」

聽見有人大喊，門也在此時突然打開。

「……喔？」

「竜兒、竜兒、竜兒！」

飛奔進病房的人是個小孩子……不對，是個嬌小少女。少女的大眼睛射來的視線，彷彿刀子讓他不禁縮起身子。好漂亮，但是眼神太過強烈。她突然直接跑向自己：

「太好了，你終於清醒了……太好了，太好了……」

他只是感到混亂困惑，像個蠢蛋說不出話。那個叫竜兒的人在哪裡？不是我，我沒聽過那個名字。

天花板開始旋轉扭曲變形，他忍不住再次閉上眼睛躺下。女孩子的聲音愈來愈遠。

這才注意到好熱，身體好像快被體內的火焰燒光，可是皮膚表面冰冷到覺得會痛。喉嚨突然好渴，快要不能呼吸，似乎有塊沉重的石塊壓著自己，全身又重又痛，可是卻又只能夠忍受這種痛苦。

這裡到底是哪裡？我為什麼會遇到這種事？竜兒是誰？這個女孩子是誰？

……我是誰？

全都不知道。

沒入床舖的背部逐漸溶化，身體一點一點滲進床單。

從腦漿到骨頭好像全部溶化，逕自在黑暗裡緩緩下沉……

「竜兒！」

「……是誰……？我是誰啊啊啊啊啊——！」

「吵死了笨蛋！」

啪！臉頰挨了一巴掌，就在露出厲鬼表情的女孩子——大河給他一巴掌的瞬間，他睜開了眼睛。

竜兒終於因為衝擊的疼痛而清醒，愣愣地環顧四周。到底發生了什麼事？他甚至不知道自己剛才喊了什麼。對了，記得剛才自己應該從樓梯頂端跌下來。

「我……我還活著？」

也沒有受傷。他坐在地上低頭看著自己的身體——手臂、手腕、摸摸胸口，竜兒呼了一口氣。從那麼高的地方摔下來居然沒事。

「哪有人會因為那樣而死，你太誇張了。」

大河冷冷開口，她背後的亞美也點頭同意：「沒錯，太誇張了。」在竜兒身邊扶著他肩膀的人是北村。

「很難說，如果撞到不該撞的地方就嚴重了。幸好沒什麼事。」

「有沒有撞到頭？要不要緊？」

実乃梨也跪在一旁擔心地低頭看著竜兒。

樓梯間的燈亮著，這才注意到自己躺在地上，所有人圍繞在他身旁。他輕輕搖頭，伸手摸摸額頭：

「……呃……怎、怎麼了？發生什麼事，為什麼我會變成這樣？我只記得自己從樓梯上摔下來……」

「摔下來？太誇張了吧。」

大河雙手扠腰抬起下巴，以一副了不起的模樣說道：

「我和蠢蛋吉與大家走散了，就一直坐在那邊的樓梯。然後你突然不說半句話衝下樓梯，在剩下三階的地方自己『跌倒』了。」

「剩下……三階……？」

自己跑下的樓梯應該不是那樣……雖然這樣想，但是站起身的北村也開口：

「你連我和櫛枝在走廊上都沒發現，就自己默默走掉。我們趕過來時發現你正好在下樓，然後跌倒。」

「嚇了一跳的我們趕緊把燈打開。這樣似乎不太妙……快溜吧，被發現就麻煩了。」

其他人也點頭同意実乃梨的話。可是竜兒開口：

「等、等一下！是我暈過去的關係嗎？為什麼我記得……」

「你哪有暈過去，你只有滑了一跤！咚！啊，怎麼這麼笨！開燈！你在呻吟，好吵！閉嘴！啪！大概就是這樣。」

好了，快走吧——大河轉身作勢要走。

「……我……『半句話也沒說』跑下樓梯……？在走廊上時也是……？」

「沒——錯。要關燈了。這次大家可別再走散了。」

実乃梨邊說邊把燈關掉。四周再度陷入一片黑暗。起身的竜兒無意識地拍拍衣服。

事情，不太對勁。

自己明明像個笨蛋一邊唱歌一邊來到樓梯間，接著從最上層摔下來，應該是這樣才對。

沉默走過走廊，來到剩下三階樓梯的人究竟是誰？

從包圍身體的黑暗之中，傳來走在前面的朋友腳步聲。明明不可能看見，但是竜兒仍然不自覺地看過去。一切都溶在黑暗裡。

跟著他們走不要緊嗎？

他們真的是我認識的他們嗎？

「報告怎麼辦?做完才回家對吧?」

「也只有那樣了。麥當勞應該還開著。」

「應該。」

「都特地過來拿了,事到如今也只好弄完它了。」

「吶,現在幾點?」

「不曉得耶……幾點了?」

夜晚的學校……如果那裡真的是學校,紅外線保全系統正在運作,因此馬上能夠知道有人入侵,並且通知保全公司——不過在場的眾人沒有人知道這件事。

~END~

DRAGON泰子

「我帶《瑪》來了～～喂～～小泰，我來看妳，順便帶《瑪》來了～～」

將粉紅色背景是主力連載作品女主角的笑容，最新一期內容精彩又厚重的漫畫雜誌《瑪》——正確的名稱是《瑪格麗特》夾在腋下，輕輕打開青梅竹馬的房門。

沒有回答，沒開燈的黑漆漆房間因為我而產生空氣對流。我的鼻子感覺到溫熱的風。青梅竹馬在房間深處將毛毯蓋到頭部，整個人蜷縮在床上形成沉默的山丘。

確認房裡靜悄悄，我輕輕朝背後轉頭，對著跟我一起上樓的阿姨小聲說道：

「小泰好像在睡覺。我還是先回去吧。」

「真的？」阿姨看了我一眼：

「剛才她還醒著，中午也很有食慾啊。喂，泰子，妳睡著了嗎？」

阿姨看向房內出聲呼喊。沒有回應。阿姨還準備繼續說什麼，我連忙小聲制止：

「沒關係沒關係，阿姨，真的不必叫她起來。小泰感冒了？」

「大概是，似乎有點發燒。對不起，妳還特地過來。」

「我只是想拿漫畫過來。改天再來好了。」

我和泰子已經上了高中，還是很喜歡《瑪》與《花夢》這兩本每月兩次同一天出版的漫畫雜誌，所以我們負責各買一本，然後交換閱讀，就這樣持續了好幾年。

我們念同一間小學、同一間國中，上了高中雖然學校不同，不過仍然是好朋友。像今天這樣泰子請假沒上學，我就會在下課之後過來看她。

我們之間的羈絆毋庸置疑，所以就算沒見到面就回家也不要緊。我和泰子之間從來不用說「再見」。

但是當我輕輕關上門，準備跟著阿姨一起下樓時。

「……對不起，我好像……」

泰子總算探出頭來：

「我好像把夢境和現實混在一起了……媽，泰泰想喝水～……」

好好。阿姨往一樓的廚房走去。樓梯上的我回頭仰望泰子，站在原地不曉得該怎麼做。回家嗎？或者是——

發燒中的泰子從門縫茫然低頭看著我，看來她也不曉得該怎麼做。滿臉通紅的她稍微張開嘴巴，眼瞳漆黑。

我想起手上還拿著《瑪》。

「……妳要嗎？可以看嗎？」

聽到我的問題，泰子的動作比平常緩慢，不過還是點點頭。於是我往回走，貼著泰子的背進入黑漆漆的房間。

「小泰，妳的口氣——」

當我不自覺地開口，泰子便掩著自己的嘴哈氣轉身：

「臭嗎？糟糕——」

「不是，是好熱。妳呼出的氣好熱。」

房間裡沒有開燈，但是我們仍然坐在一如往常的位置。泰子坐在剛才躺的床上，我則坐在地毯上的小和室椅。我伸出手把《瑪》交給泰子。

泰子只是接過厚厚的少女漫畫雜誌抱在膝上，沒有打算打開。她伸出一隻手再度遮住自己的嘴巴不斷哈氣，動作好像很介意口臭的人。

她應該是在確認溫度。

「……真的耶。不太妙，呼氣好熱。」

點頭表示認同的她蹙起細眉。「感覺像那樣——」她口齒不清地繼續說道：

「吃完辣的東西之後，漫畫裡不是會『咻～☆』噴出火？」

「噴出火？」

「對對，噴出火。泰泰現在的感覺就像那樣，好像快要噴火了。」

泰子稍微轉身用力「哈！」吐氣。她雖然請假沒上課，但是看來還是滿有精神。我稍微

放心了。

「好像噴火龍，DRAGON泰子。」

我笑了，泰子也笑著悠哉補充一句：「其實DRAGON狀態已經好一陣子了。」

「一陣子了？」

「嗯。」

「那麼妳感冒很久了嗎？有發燒的徵兆嗎？」

「我想不是感冒。」

「不是嗎？那是怎麼回事？喉嚨不會痛嗎？」

泰子突然止住笑容。沒有回答我的問題，只是盯著我看。

原本因為笑而彎成弧線的眼睛，突然變成認真的形狀。這麼說來，泰子以前有過這樣的表情嗎？我開始思考奇怪的問題。

泰子和我在一起時老是不正經，而那個泰子此刻就在這個昏暗的房間裡噴火。

她憂鬱地垂下視線：

「……泰泰好像～～真的有汗臭味……」

「有嗎？我一點也不在意。」

「頭好像也很臭……昨天沒有洗澡。」

泰子雙手拉開身上T恤，把鼻子湊近確認自己的味道。她的床鋪因為身體移動而傾斜，毛毯底下滾落揉成一團的面紙。

那是擤過鼻涕的面紙吧。我不經意地看過去，才注意到那不是普通垃圾。面紙掉到床下，裡面包著的三顆黃色藥丸也跟著掉出來。

我覺得那好像是市面上販售的感冒藥。看向泰子，泰子也看著正在看她的我，然後緩緩撿起掉落的感冒藥，重新包回面紙裡，小心翼翼地遞給我。

那頭的確如她所說一般油膩的長髮垂落臉上。從髮間可看見她的嘴唇張開：

「這個，嗯……如果丟在垃圾桶，會被媽媽發現。媽媽很敏銳，所以……可以拜託妳把它帶回家嗎？」

「為什麼不吃？」

「拜託……」

泰子的嘴邊似乎能夠看見橘色的火焰。

彷彿下巴的輪廓在火焰照射下突然發光。

我震懾於泰子的美麗，乖乖收下她遞來的垃圾。

「小泰……泰泰，為什麼？」

「……」

「妳不看《瑪》嗎?」

「……」

「妳沒買《花夢》嗎?」

「……」

現在問已經太遲了。

「咚!」泰子躺在床上。我看到她的眼皮在顫動,彷彿在說「撐不下去了」地閉上。

「對不起……我……好想睡……」

泰子繼續抱著《瑪》,悄悄吐出灼熱的氣息。別睡,妳什麼也沒說,在妳睡著之前解釋一下。然而我說不出這些話。

「我真的、真的……好想……睡覺……」

「……沒關係,不用勉強,睡吧。」

泰子沒有回答。我輕輕從她手裡抽出《瑪》,單膝跪在地毯上準備幫她把書放在床邊而伸直身體時,看見泰子的胸部正在柔軟搖晃。

在長袖T恤底下,泰子的一切都很圓潤、成熟。

阿姨拿著泰子的水和我的果汁進入房間。正要對我開口的她看到泰子睡著,我知道她稍微屏住呼吸。

THE・社長

午休時間已經過了一半，比起和朋友聊天，飯後的身體更需要短暫的休息。

處處充滿談天說地喧鬧聲的教室一角，高須竜兒趴在桌上閉起眼睛，遊走於淺眠與現實的縫隙之間。肚子因為自己做的便當而滿足，暖氣的和風輕拂他的臉頰，平常聞到總會「咦……？」的桌子怪味，此刻莫名地教人放心。全身肌肉放鬆之後，同學們的聲音愈來愈遠。

喂……我在叫你，竜兒……喂……看一下這個……喂……喂，竜兒！連猶如在夢中的聲音也變成沒有意義的話語。

「我叫你啦！」

「喔……唔……？」

突然有股外力強行將他的眼皮撐開。強制睜開眼睛，但是腦袋沒能馬上清醒過來，而且眼睛看到的東西也很莫名其妙。ＴＨＥ・社長。

竜兒不禁出聲唸出突然躍入半昏睡狀態視線的謎樣文字。

「ＮＯ～」

站在正面、手拿寫著「ＴＨＥ・社長」影印紙的女孩惋惜地搖搖頭。下巴附近翹起的頭髮也跟著晃動。

「ＴＨＥ、社長。跟著我唸一遍，ＴＨＥ社長。」

「ＴＨＥ社……」

櫛枝実乃梨在做什麼？

「……那不是重點吧？」

竜兒這才清醒過來，雖然慢了幾拍仍然不忘吐嘈。実乃梨吐出舌頭笑了。

「妳幹嘛……害我的眼睛變得好乾……」

「都怪你不好，一直叫你又不起來，對付貪睡鬼只有使出這招。」

讓——我——來——叫——醒——你！配合聲音，逢坂大河從竜兒身後用雙手手指拉開竜兒的眼皮。眼球直接接觸到乾燥的暖氣，黏膜上的水分一下子蒸發。

「喔喔喔喔喔喔！大、大河！住手！眼睛好乾！」

「哎呀，這個地方居然有眼藥水。」

也不曉得実乃梨是親切還是想幫竜兒，她從胸前口袋拿出自己的眼藥水快動作一邊一滴地滴進竜兒眼裡。

「一起來……」

有效——張大嘴巴將握著眼藥水的右手伸向空中。（註：日本演員織田裕二的眼藥水廣告招牌動作）發現竜兒沒有動作，於是輕揮雙手示意要他一起做「一起來！」然後高舉右手。竜兒還是沒有跟著做。

「啊啊你這傢伙真可惡！為什麼不做！」

実乃梨擺出忍不住撥開門簾的動作怒吼：

「高須同學明明知道，卻故意吊人胃口！也不看看是誰幫你點眼藥水！」

「就是妳！妳們兩個簡直跟路上的隨機殺人魔沒什麼兩樣！而且、而且……！」

他的兩隻眼睛因為過度刺激的眼藥水而充血，發出晦澀的光芒。竜兒二話不說地從実乃梨手中搶過眼藥水。妳的眼藥水是我的東西！我的眼藥水還是我的東西！是吧，心靈之友！並不是這樣。

「……聽好了，櫛枝！不可以拿自己的眼藥水給別人用……！不准再這樣了……！這樣會細菌感染！還有，大河……！不准亂拉開別人的眼睛……！那樣很痛！」

竜兒不得不把想說的話說完，就算對方是女生、就算對方是実乃梨和大河，還是伸出食指依序指向兩名女孩的臉，提出充滿男子氣概的指正。如何……竜兒把眼藥水還給実乃梨，同時對於自己很有男子氣概又難得直言不諱感到自滿，忍不住偷偷顫抖。

「那種事情怎樣都好，快來看看這個。」

竜兒的話一下子就被忽略，他指著大河的手指像隻果蠅簡單就被打發。

「小実現在很頭痛，所以才想找你商量。」

「是啊。我煩惱得要命，希望高須同學能夠幫我看一下，才會把你叫起來。真是抱歉，硬是把你吵醒。」

即使竜兒心裡認為她們的做法太過分，面對実乃梨的坦率道歉，他也沒辦法抱怨。

「……要我看什麼？」

他只好抬起頭，睡意老早落在二〇〇〇〇光年遠的地方。

「這個『ＴＨＥ・社長』……你知道我們學校每年會出版校刊吧？內容還滿正經的，有校長的話、家長會做了哪些事等等，裡面每次都會刊登社團活動報告，哪個社團的誰參加哪場比賽得到什麼結果等等，主要就是這樣的內容。只是這期開始要輪流介紹每個社團的社長，也就是——」

「ＴＨＥ・社長……是嗎？突然從壘球社開始介紹？」

「看來是這樣。」

実乃梨將手中的表格擺在竜兒桌上，標題寫著「第一回ＴＨＥ・社長。壘球社」，底下寫的繳交日期就是今天。

「今天要交？」

「所以我才煩惱。必須在午休結束前交給導師。」

竜兒感到不解：這有什麼好煩惱的？表格上面寫著幾個問題，看起來只要照著回答就好了。到底在煩惱什麼？要找我商量什麼？注意到竜兒的表情，大河開口：

「上面的問題有點妙，譬如這個。」

透明有如櫻貝的指甲指著問題三。上面寫著「討厭的食物是？」。

「呃……這的確有點妙。社長介紹為什麼要問喜好？」

「就是啊。所以小実很煩惱。」

実乃梨點點頭，眉毛撇成八字形煩惱不已：

「我想要回答些像個社長的答案，沒想到問題卻是這些。嗯，畢竟是第一回，也無法參考前人的回答。而且他們又規定『必須認真寫，不可以開玩笑』所以也沒辦法搞笑。話說回來如果寫得太奇怪，恐怕會影響到新社員加入的意願。」

「可是既然題目已經設定好了，也只能照實回答吧？是我就會這麼做。」

実乃梨相當嚴肅，停頓了一下才開口：

「……問題是我沒有討厭的食物。頂多是壞掉的食物不吃，其他什麼都吃。可是回答『沒有』又很做作，我不喜歡這樣。想要捏造又掰不出來，本來打算乾脆寫大河討厭的食物，結果……」

「我也沒有。」

對吧。真傷腦筋。実乃梨和大河兩個好朋友面對面互相點頭。是啊，真傷腦筋。竜兒也差點要加入她們的小圈圈。

「嗯……？是嗎？」

他重新看向大河。

「妳沒有討厭的食物嗎？記得之前好像經常聽妳說不喜歡這個、不喜歡那個。」

「你閉嘴！那些我早就克服了！」

喔喔。竜兒不禁有些驚訝。大河也回以別具深意的眼神。克服？該不會是因為我做的菜……？或許是喔……？是嗎……？怎麼回事……？実乃梨也露出好奇的眼神湊一腳。那不重要，先處理我的問題吧……？喔，也對……對吧……對啊……

「……話說回來，也沒必要為這種事情煩惱吧？隨便寫寫就好，比方說紅蘿蔔或青椒等基本上比較多人不喜歡的東西。」

「果然還是那些選項嗎？唉，既然不喜歡寫『沒有』也只好寫那些了。不過我很喜歡紅蘿蔔和青椒耶。」

「我也很喜歡。世界上怎麼會有那麼好吃的東西……我喜歡青椒鑲肉更甚於漢堡排。最近也經常用帶皮紅蘿蔔做菜。」

腦子裡描繪著形狀漂亮的深色紅蘿蔔，「喔……」竜兒忍不住嘆息。北海道出產，一根七十八圓。連皮切成四等分，不對，兩等分就好，大塊丟入陶鍋裡燜煮。沉在湯裡完全熟透的熱騰騰紅蘿蔔，真是無與倫比的美味。無、與、倫、比、的、美味！甘甜鬆軟，還帶著漂亮的紅色！充滿大地的營養！而且又不貴！處理不花時間！除了β胡蘿蔔素，還有滿滿的營養！削下來的皮可以用來炒牛蒡！

「慢、慢著……住手！別寫討厭紅蘿蔔！別說紅蘿蔔的壞話！」

竜兒突然跳了起來，準備搶過実乃梨手中的表格。

「我還沒寫啊。啊，北村同學。」

「唷，櫛枝！我剛從廁所回來！現在沒人使用喔！」

「告訴我男廁沒人用也沒意義吧……」

「唷，逢坂。唷，高須。」北村祐作彬彬有禮地面帶微笑，銀框眼睛閃著光芒，一邊揮手一邊走向他們。接著他注意到三個人盯著看的表格：

「怎麼，妳還沒交啊？我早就交出去了。」

啊！對喔！大河看向実乃梨，実乃梨也拍手看向大河。竜兒趁機偷偷拿走実乃梨手邊的表格。絕對不能讓她寫上紅蘿蔔的壞話。

「喔喔……我怎麼沒想到，北村同學也是社長啊！『THE・社長』已經寫完了啊！果然有效率，我可是還在煩惱。」

「有什麼值得煩惱的項目嗎？哎呀，雖說裡面的確有些怪怪的問題。」

「就是為了那些怪問題在煩惱。北村同學應該沒有討厭的食物吧？告訴我你怎麼回答那一題，借我參考一下！」

「呃，我老實寫了。說謊也沒意義，再說我本來就不愛那個。」

「咦？你有討厭的食物嗎？」

竜兒沒想到自己這位健康的男性友人、幾乎可以當成範本的好學生死黨，居然也有不喜歡的食物。北村對忍不住轉過身來的竜兒皺起眉頭：

「當然有。只有那個我怎麼樣也無法接受，草石蠶。」

「喔、草石蠶。」

「我討厭那種口感，所以經常不自覺地想要避開。」

「口感啊，我倒是完全不在意。原來如此，你不喜歡草石蠶的口感。」

「味道也是。對我來說是不會特別想吃的口味。」

大河和実乃梨不解地仰望熱衷討論草石蠶的兩名男生：

「……草石……？什麼？」

「你們說草石蠶？那是日本的食物嗎？」

大河和実乃梨面面相覷。北村驚訝地睜大眼睛：

「不會吧？逢坂和櫛枝居然不知道草石蠶？」

「第一次聽到這個名字。對吧，大河？」

「嗯，我也沒聽過。有生以來第一次聽到。」

咦咦咦！怎麼會有人不知道草石蠶！北村誇張地搖晃身體，直接跑向窗邊，「喀啦！」打開教室窗戶。很冷耶！在旁邊同學的瞪視下——

「太落伍了————————！」

吵死了！又被瞪了。

「對不起2年C班的同學，特別是窗邊的各位！因為逢坂和櫛枝的無知讓我太過震驚！一般人應該都知道吧？對吧，高須！」

「當然知道。」

北村理所當然地推高眼鏡，回到竜兒的座位旁邊。

「對吧……啊啊，我太驚訝了。妳們居然到了高二還不知道草石蠶。」

「怪了，為什麼會不知道草石蠶？理所當然應該知道吧，這可是常識。如果說活到現在沒接觸過草石蠶更怪。」

「咦？真的假的！是那樣嗎？不妙，我心中的常識正在搖晃……」

「沒那種事，小実！我們才是常識，普通人哪會知道草石蠶！都怪竜兒一直沒用叫那個名字的材料做菜的關係。」

「那是年菜用的，平常當然不會吃。妳在過年時吃過年菜吧？假如妳連年菜都不知道，那我就沒辦法了。草石蠶就是和黑豆放在一起的，差不多是長這樣……吧？」

竜兒在実乃梨表格的角落畫出草石蠶獨特的形狀。他認為也許她們看到形狀就會想起來了。那個長得像螺旋狀豆子或貝殼一樣的東西——

「……通心麵？」

聽到実乃梨的話，竜兒瞬間無力……

「不是說了，這是……草！石！蠶！女孩子該不會不知道這個東西吧？」

抬起頭來環顧教室，竜兒看到目標……

「喂！川嶋！妳知道草石蠶吧？」

「啥？」難得的美麗長相狠狠扭曲，一名美少女就此轉身。她正是全校無人不知、無人不曉的現役女高中生模特兒川嶋亞美。

「……我當然知道，廢話。幹嘛突然這麼問？」

「對吧，果然知道！妳們看，川嶋知道。是妳們太缺乏常識了。」

竜兒伸手來回指著大河和実乃梨。「不會吧？」她們兩人看著彼此。北村代替竜兒對不曉得怎麼一回事的亞美說明：

「我們正在說我不喜歡吃的食物。」

如此說完的下一秒。

「咦咦咦咦咦咦咦！不喜歡……吃……？也就是說，你吃過那種東西？」

「……不吃要拿來幹嘛？」

「呀啊～～～！饒了我吧祐作！你為什麼要吃那種東西？髒死了！唔哇哇，我想起來了，小學時在游泳池的廁所裡拚命要把那玩意兒抖掉，噫噫噫……受不了……我開始覺得頭暈了……亞美美似乎因為過度震驚而貧血……」

看到亞美的臉一片鐵青，大河拉拉竜兒的袖子：

「……怎麼辦？蠢蛋吉誤會是昆蟲了。」

而且是一般稱為廁所蟲的灶馬。正當竜兒準備開口修正這個意想不到的誤會時——

「哇喔！就在閒聊的時候，午休時間已經結束了！」

竜兒準備要說的話，被抬頭看到時間而慘叫的実乃梨打斷。

「啊——可惡——沒辦法。我討厭的食物……這樣就行了吧！加上插圖，咚！還得把其他問題寫完，我必須快點！」

亞美對於青梅竹馬的誤解，直到當天放學仍然沒有解開。另外，一直到了學期末，竜兒才知道自己畫的草石蠶插圖在「ＴＨＥ・社長」專欄被加上「通心麵」幾個字刊登出來。

FAKE×TIGER!

底下發生的奇妙事情，是高須竜兒在今年七月七日經歷的事。

＊＊＊

「三種生魚片七百八十圓……五種九百八十圓……」

「選有扇貝的。扇貝扇貝。」

「嗯……扇貝、鮭魚、鮪魚、花枝、神祕的白肉魚……紅魽？還是黃雞魚？話說回來分量還真少，每種才三片。」

高須竜兒露出受到詛咒的妖刀一般的閃耀眼神，死命盯著盒裝生魚片。鋪在底下的白蘿蔔邊緣染上鮪魚的汁液，看來不太好吃。表面似乎也沒有什麼光澤。

「感覺還好……看來今天還是吃肉好了。妳覺得呢，大河？吃肉好嗎？」

他把盒裝生魚片放回賣場。

「咦？」

竜兒環顧傍晚時分人多嘈雜的超市，剛剛還緊跟在背後吵著要扇貝的嬌小生物不見了。

那傢伙的名字叫大河，莫名缺乏耐性而且馬力驚人，外加十分笨拙。放到野外去不曉得她會獵捕什麼獵物回來。

「大河？喂，妳在哪裡？喔，也買些紫蘇好了……」

竜兒一邊把最愛的紫蘇放進購物籃裡，一邊撥開主婦尋找大河的身影，看向走道上的貨架盡頭。不在醬油、調味料區，也沒黏在乳製品區，零食區也不見蹤影。大河雖然不見了，竜兒倒是看到許多夏季和服打扮的女孩子吵吵鬧鬧地在挑選零食。

牽牛花和蜻蜓圖案的藍染夏季和服看起來多麼清爽。竜兒忍不住目不轉睛看著那些女孩子。這麼說來，他想起來了。

今天是七月七日——依照慣例，商店街會在每年的這天舉行七夕祭典。

「竜兒！你看，我找到只有扇貝的！這個看起來好好吃！」

「咕……！」

咚！腰椎突然挨了一拳，竜兒差點因為下半身使不上力跌坐在地。

「喂，你那麼專心在看什麼？那個穿夏季和服的女生？哇啊，好噁心！」

「妳、妳這傢伙……這樣很痛妳知不知道！」

竜兒在千鈞一髮之際扶著義大利麵醬的貨架支撐身體。他找到迷路的大河，可是大河一點迷路的自覺也沒有，更別提她會在意竜兒的痛苦。媲美薔薇的美麗臉上露出輕蔑的表情：

「沒想到這裡有個可怕的偷窺魔……糟糕，那邊也有穿著夏季和服的人。竜兒愈來愈興奮了。」

大河用拇指一指，指著正在挑選冰淇淋的夏季和服打扮小學生。

「誰是偷窺魔！我才沒有做那種事！」

「為什麼？你不是經常在透視嗎？」

「什麼時候！誰？在哪裡！」

「喂，你好吵。笨狗別亂叫。」

「……！」

這番毫不留情的話令竜兒愕然。此時大河緩緩環顧四周：

「我現在才注意到那邊也是……這邊也是，到處都是穿著夏季和服的人，為什麼？」

還沒從震驚的打擊之中振作的竜兒有些僵硬地回答：

「……因為今天有祭典。」

「祭典？在哪裡？」

大河抬起小臉，雙眼閃著好奇的光芒。怎麼？妳明明住在這裡，居然不知道？竜兒正想開口，突然想到或許大河去年此時仍和父親住在老家。

「這裡的商店街每年七夕都會擺攤，還滿熱鬧的。」

「……喔……原來如此。祭典啊……」

柔軟的波浪長髮輕飄飄披在肩上，大河稍微嘟起嘴巴，再度看向身穿夏季和服的女孩子。不知為何，那張側臉似乎帶著羨慕。

「妳想去嗎？我帶妳去吧？」

雖然竜兒主動開口——

「才不要！我才不要和你這傢伙去！再說什麼叫做你帶我去？明明是隻狗，囂張什麼？帶狗散步可是飼主的工作！」

「……是喔。」

既然被這麼說，竜兒也沒理由繼續邀約，於是有些不悅地從大河手上搶過扇貝放進購物籃。既然那麼想吃扇貝，今天就幫妳做只有扇貝的蓋飯。

彼此別過頭不看對方的兩人為了挑選味噌湯的材料，走向放有豆腐的貨架。

「喂喂，祭典第一個要吃什麼？」

「我想想，糖葫蘆吧——！然後是棉花糖——！」

「絕對不能漏掉刨冰——！」

夏季和服女孩一邊吵吵鬧鬧挑選茶包，一邊對話。大河的視線瞥了她們一眼。接著來到另一個商品區。

「一定要吃炒麵！路邊攤的炒麵就是特別好吃！」

「我要吃玉米！超愛玉米！玉米吃不停！」

短褲打扮的小學男生激動地重覆自己的主張。

「……糖葫蘆……棉花糖……刨冰、炒麵、玉米……是嗎……」

看著他們的大河逐漸停下腳步，開始在思考什麼。雪白的喉嚨吞下名為「食慾」的慾望。真是會找麻煩。竜兒轉身說道：

「搞什麼，妳分明想去吧？想吃了吧？」

「……還好。那個地方又擠又吵……再說天氣不太好，好像快下雨了。」

固執的大河挺胸把頭轉向一旁，伸手撥弄長髮。雖然如此，大河的眼裡幾乎看不見竜兒。她一直緊盯準備前往祭典的小朋友笑容。不要去撈金魚！不要去！金魚如果死掉好可憐！沒錯！她目不轉睛地看著如此宣示的兩名小學生。

「妳在逞強什麼……有什麼關係，想去就去啊。只要幫泰子準備晚餐就好。如果不喜歡人擠人，全部買回家吃也可以。」

「什麼嘛……你想去？」

不，我去不去都好……正準備這樣回答的竜兒低頭看著大河的臉，終於搞懂了。

站在走道中央的大河果然很想要參加祭典，可是她剛剛已經不小心說了「我才不要和你這傢伙去」……

「哼……我可是一點兒也不想去……完全不想……」

所以她只能帶著猶豫的眼神，嘴巴癟成ㄟ字形，雙腿直挺挺站在原地逞強。

既然搞懂了，竜兒也沒有其他選擇。

「……我有點想吃炒麵。」

只有這麼做了。這招在世人的定義裡或許叫「撒嬌」不過竜兒認為那是因為他們不知道掌中老虎不開心時有多恐怖，才會這麼說。

「你想去？」

用力抬起頭的大河眼中迸出閃閃星光，臉頰突然染上喜悅的桃色，令人不禁心想這麼好懂真的好嗎？而且還在焦急踏步：

「如果你無論如何都想去，我可以帶你去喔！」

「我無論如何都想去。」

乖乖照著她的誘導回答，大河像隻貓一樣笑得瞇起眼睛，說聲：「太好了！炒麵！」接著搶過竜兒手中的購物籃：

「走吧走吧走吧！快點走！祭典幾點開始？喂喂，該不會已經開始了？有炒麵對吧！也有烤魷魚吧？」

她一邊俐落閃過歐巴桑，一邊小跑步把商品放回原位。什麼面子不面子，在食慾面前全都不重要。

「我記得是七點開始。嗯，現在剛過六點……」

「不好！必須加快腳步！竜兒把這個拿回去放！我把泰泰的配菜拿去結帳！」

翻飛素色蕾絲的大河抓著一人份的扇貝往收銀台衝去。泰子的晚餐看來似乎就是只有扇貝的蓋飯。

急急忙忙結完帳，快動作地把扇貝裝進袋子裡。

「快點快點！祭典要結束了！」

「別急！會跌倒！那邊有高低差！」

兩人在大河催促下走出超市，悶熱的夏季晚風瞬間吹向他們。太陽早已西沉，彎彎的月亮此刻正要露臉。

＊＊＊

「喔……」

看著鏡子，竜兒忍不住被自己的打扮嚇到。

他身上穿著泰子所謂「爸爸的遺物☆」的夏季和服，白麻材質加上淡墨色的竹葉花樣，藍色腰帶繫在下腹部，轉身面對鏡子就能看到一名堂堂的小混混。

也不是不適合。可是簡潔的窄版夏季和服如果加上配套的勞力士手錶，彷彿置身在賭博的世界裡。袖子底下露出的日曬手臂沒有刺青，反而令人感到不可思議。

「流……氓。」

被這麼一叫，竜兒嚇了一跳轉過身，發現寵物鸚鵡小鸚半睜眼睛看著自己。從鳥的角度看來都像流氓……

「小竜～～穿好了嗎？我們這邊好了喲，可以開門嗎～～？」

緊閉的紙拉門另一頭傳來親生母親泰子的聲音。

「啊，好。」

他莫名慌張地把衣襟俗氣地兜好，努力想要排除一點流氓的氣息，但是這樣反而看來像是習慣這種打扮的年輕流氓。怎麼樣都沒辦法改善嗎？如此心想的他只得放棄轉身。

「鏘鏘！變得很可愛吧！」

啵喲！搖晃的巨乳——這是穿著背心的泰子，而在她背後的是——

「……就說穿普通衣服就好……」

「喔喔……！」

竜兒不禁說不出話來。

深藍色的夏季和服綻放漂亮的白色菖蒲，搭配黃色腰帶斜綁的文庫結，柔軟的頭髮蓬鬆紮起垂在肩上。

「……不會很奇怪嗎？我第一次穿夏季和服。」

「一點也不奇怪喲～～！好了好了，妳看看鏡子～～！」

大河在泰子催促下站在鏡子前面，摸摸腰帶衣襟。她的夏季和服姿態既清爽又豔麗。比起爭豔的花朵圖案，她的模樣更是充滿夏天的魅力。幫她整理衣襟，其實擁有職業級穿著和服技術的泰子開心笑道：

「大河妹妹好適合～～！這是泰泰年輕時的夏季和服，所以有點長，不過折起來別有一番可愛！小竜也好好看！」

「是、是嗎？」

「嗯！好酷好酷！好適合你！啊～～嗯，害我想起小竜的爸爸～～……如果他出獄看到小竜，一定會驚訝你們這麼像～～……」

「……他不是死了嗎？」

「我給你們零用錢～～不要吃太多囉～～」

親生母親明顯轉移話題。竜兒再次看向大河，大河也同時看向竜兒，兩人視線交會：

「……妳這樣穿滿好看的。」

「……不用你多嘴。」

哼。大河把頭一偏小聲說道：

「……你穿那樣很適合。」

「咦……」

「很像流氓。」

不知道是褒還是貶，不過大河瞄來的視線或許是穿上夏季和服的關係，比平常少了點凶惡。露出來的後頸柔滑雪白，意外地讓竜兒突然失去反駁的力氣，不發一語進入欣賞模式。

大河再度看向鏡子整理瀏海的姿態，看來也比平常多了女人味。彎下的腰部纖細柔軟，從袖子伸出來的白色手臂有如奢侈的手工藝品。和這樣的大河兩人一起參加祭典，或許意想不到地自豪而且開心。應該很容易引人注目。

「來，給你們零用錢～你們可別吃壞肚子喔～」

「好，妳也快點換衣服準備上班吧。」

「哇，對了對了，我還沒化妝～！」

竜兒目送泰子慌張跑向盥洗室。

「那麼我們差不多該走了。」

然後對著夏季和服打扮的大河開口。「哼。」大河只是傲慢地回應，不過還是比平常聽話，點點頭往玄關走去。

感覺今晚似乎會和平常有點不同。竜兒如此心想，把腳伸進穿不慣的木屐裡。

＊＊＊

「竜兒！接著是那個！那個！」

「等……啊！」

「唔！」

千鈞一髮之際，指尖成功擦去正要從嘴邊滴落的麥芽糖。可是黏答答的麥芽糖仍在大河的嘴邊和竜兒的指尖之間拉出閃亮的絲線。

「……討厭。這樣看起來好像流口水，哈哈。」

「笨蛋！一點也不好笑！啊——面紙面紙……」

要從衣服前襟拿出面紙不太容易。而且已經到了這種狀況，大河還一副無所謂的表情：

「大叔！我要一支棉花糖……不對，兩支！」

「好！」

開心點了自己要的東西。

她的右手拿著糖葫蘆，左手則是烤魷魚，還讓竜兒兩手滿是炒麵、章魚燒、章魚煎餅。嘴巴沾著吃到一半的炒麵的青海苔，還打算買棉花糖。

「喂喂，吃得完嗎？」

「沒問題。棉花糖只不過是像雲一樣的東西。」

大河露出悠哉的微笑，掛在手上的水球以驚人的氣勢來回彈跳。每次彈跳都使得烤魷魚的醬汁飛濺四周。

「笨蛋，別這樣，其他人的夏季和服都被妳弄髒了！」

竜兒的壓力指數無止境地向上飆升，瀕臨氣死邊緣。離開家門時的愉快氣氛早就不知去向，一路上只能不停操心，使得竜兒的三角眼更加閃閃發光。

「來，特別招待可愛的小姐。」

「哇！好大！」

「唉……請、請問多少錢……好、好大！」

真的好大。大河想要接下大得有如爆炸頭的兩支棉花糖，這才發現手上都是東西，只好難看地咬住糖葫蘆，單手接過兩支棉花糖：

「農兒，哪，擬胡四要吃好爺疑？」

「啥……？」

大河因為言語無法溝通而皺眉，接著突然想到什麼，「噗！」把吃了一半的烤魷魚硬是塞進竜兒嘴裡，空下來的雙手各拿一支棉花糖，用力靠在一起。

「擬、擬種傻魔！」

兩支棉花糖在失去語言能力的竜兒面前結合，將一邊的棉花糖減量成為一半的分量，接著把那個少了一半的棉花糖遞給竜兒：

「吶！」

竜兒勉強接過那支棉花糖，大河終於能夠把嘴裡的糖葫蘆拿出來：

「你如果吃不完就浪費了，所以我先拿走一半。啊、烤魷魚不用還我沒關係。」露出心滿意足的微笑。竜兒俐落地用小指和無名指夾住竹籤，成功從嘴裡抽出烤魷魚：

「……妳、妳……還沒吃完……」

「啊！竜兒，那邊有刨冰！」

大河一邊大口吃著棉花糖，一邊翻飛夏季和服下襬跑去。

「等等！先冷靜下來把現有的食物吃完再去！」

「咦——！」

竜兒已經沒辦法多拿其他東西，這樣一來連錢包也不能拿。他勉強用拿著章魚燒的手擋住大河的動作，穿過人潮成功將她帶到攤販角落。

「討厭，我想要各種東西都吃上一輪！每種依序吃一口！」

「別那麼貪心，小心等一下打翻……真是的，妳這傢伙比起花來更喜歡食物。」

「花？你在說什麼夢話？誰說要看花了？」

「今天晚上過來不是為了花，是為了竹葉。」

竜兒看向商店街中央的巨大竹葉裝飾，上面有許多裝飾品和短籤，看起來沉甸甸。照理來說那個才是今天真正的主角。

「嗯，今年的竹葉也很壯觀。妳應該知道吧？所謂七夕，就是遠距離戀愛的牛郎和織女一年一次渡過銀河重逢的日子——」

「誰知道啊，我又不認識他們。」

大河完全無視，自顧自地輪流攻向棉花糖和章魚燒，把食物拚命塞進脹得鼓鼓的臉頰，接著大口吸入炒麵。

或許要大河明白情調，或是敏銳的思緒等纖細情感實在太困難了……竜兒仔細盯著沾上青海苔，但是依然精緻完美的雪白側臉。平常總是極度神經質的她，為什麼偏偏在現在少了情調這種東西……

「啊！還沒喝彈珠汽水！」

「……也對……」

放棄多說什麼的竜兒無力地仰望夜空。別說是銀河，今晚連月亮都被烏雲遮住。

距離梅雨季節結束的時間還很久，最近老是在下雨。現在只是正好沒有下雨，不過風裡帶著潮濕的味道，也許快要下雨了。

牛郎與織女今晚會不會見不到面呢——竜兒用門牙咬下烤魷魚，一個人對著七夕天空馳騁空虛的思緒，雙眼閃耀危險的光芒。「唔哇，那邊有流氓！」「危險，小孩子別靠近！」……路人莫名的膽怯與他無關。另一方面——

「接下來是用刨冰和彈珠汽水換個口味。再來我想要撈金魚。」

動口咀嚼的大河眼神有如作夢的少女，陶醉看著攤子的燈光。

「……到時候誰負責照顧金魚？」

「刨冰要什麼口味？有哪些口味？」

「啊，喂！」

食慾旺盛的興奮大河完全不聽別人說話，一手拿著棉花糖再度鑽進人潮之中。漂亮的夏季和服如果沾到棉花糖可就不妙了，竜兒連忙打算追上去。

「喔！糟糕……」

發現大河吃剩的炒麵紅薑掉在地上，竜兒規矩地用手全部撿起來。等他抬起頭時，大河已經消失在人群裡。

「……咦？大河？喂，大河！」

為了尋找那顆頂著編髮的小腦袋，竜兒也踏入人群裡。就在這時候——

「呃——真的假的？」

呀啊——女孩子發出低聲尖叫。

潮濕的夜空落下豆大的雨滴，路上的人潮突然加速。所有人都在尋找能夠躲雨的屋簷，以手上拿著的圓扇或面具遮著頭。

「真……抱歉！大河！啊、對不起！」

已經沒什麼人在意竜兒可怕的長相，他們拚命保護重要的夏季和服，毫不在乎地碰撞彼此，只希望盡快跑開。

「好痛！別擠啊！」「媽媽！妳在哪裡？」「唔哇！泥巴噴起來了！」到處都是焦急人們的叫聲，竜兒呼喚大河的聲音根本傳不出去。

「抱歉，借過一下……抱歉！」

來到大河應該會前往的刨冰攤前面，可是不見大河的蹤影。大河嬌小的身體恐怕抵擋不了人潮，被帶往哪裡去了。

「喂——！大河！妳在哪裡——！」

當然聽不見回應。竜兒在混亂的人群中皺眉。糟了，大河的東西全都在高須家，她家的鑰匙和手機沒帶出來。而高須家的鑰匙在自己身上。

就算她先回去，現在正在下雨，沒有傘可撐也進不了屋裡。

「可惡……這下不妙，該怎麼辦？」

撥開被雨淋濕的頭髮，如今竜兒只能邁步向前尋找大河。

不在乎弄髒夏季和服，踏響木屐小跑步來回環顧周圍，可是遍尋不著大河的蹤影。往來的行人愈來愈少，雨愈下愈大。

看來他們真的走散了。

就在他來到商店街外面，來回看著成排無所事事、了無人煙的攤子之時——

「……需不需要各種詛咒、各種願望的特製短籤呢～……無論什麼事情都能夠實現的短籤喔～……」

聽到刻意壓低的可怕聲音，嚇一跳的竜兒忍不住回頭。

「……一張三○○○圓，也能夠用來召喚已經不在這個人世的人喔～……」

那裡有個宛如黑暗火焰的詭異影子，就坐在攤子與攤子中間的縫隙仰望竜兒。

洞窟一般的深邃眼睛燃燒異樣的狂熱。

及腰的漆黑長髮，明明是夏天——或許該說現代日本還有披著斗篷的黑衣魔女嗎？

竜兒不禁盯著那個古怪姿態。雖然是個美少女，也是個腦袋有問題的異類。

「這是……角色……扮演之類的嗎？」

看著不自覺地保持距離的竜兒，那名怪人「……啊！」突然站身，撥開斗篷大喊：

「糟了！我搞錯對象，不小心叫住過來收保護費的危險傢伙！」

妳比較危險吧。竜兒還來不及反駁。

「嗚，想要搶走可愛國中女生身上零錢的惡魔、惡鬼！被煉獄的火焰燒盡，墜入修羅道，毀滅之後繼續數著零錢直到永遠吧！神聖四字的無臉者，來吧，來吧，快來！賜予我神祕的力量！吃我一記零錢的復仇──！」

「啊痛痛痛痛！」

鏘啷！她從斗篷底下拿出一堆零錢丟向竜兒，竜兒忍不住跌坐在地。搞什麼？這傢伙是怎麼回事？變態嗎？還是錢形平次（註：日本作家野村胡堂的小說《錢形平次捕物控》裡的主角，招牌動作是丟錢幣）？

「最後吃我一招！聖灰！」

「噗哈！」

接著竜兒的眼睛和鼻子感覺到刺激的神祕粉末迎面而來。好臭、好苦、好辣、好痛。眼睛無法睜開，就在他雙手掩面時，突然感覺世界在旋轉。看不見。什麼都看不見。

然後墜落、跌入黑暗的煉獄。

＊＊＊

「二年C班高須竜兒……什麼？你真的是高中生？」

「我不是一開始就說了嗎！」

竜兒揉著疼痛的眼睛，搶下怪人遞回來的學生證。

「嗯……都怪你長得太像壞人了，我才會誤會……」

嗯什麼嗯！竜兒雖然很想吐槽，還是把話嚥下去，因為脫下斗篷的錢形平次實在太……少女了。

在空無一人的攤子後方，纖細的國中女生站在樹叢之中，徹底躲避日光的人獨有的蒼白臉龐上，只有大眼睛閃耀醒目。外表十分可愛，甚至可說相當漂亮。

「我居然被外型遮蔽眼睛，沒看見靈魂的本質……這是一心想成為高高在上世界觀察者的我莫大恥辱……我道歉……呵、呵呵……不過……你那張臉……」

也不管黑色長髮被雨淋溼，她只顧著繼續說道：

「呵……哈哈哈……啊哈哈哈哈！看來你上輩子一定做了不少壞事才會自食惡果！」

「……妳、到底在、說什麼……？」

誇張仰天大笑的模樣實在太不真實。她莫名執著地穿上魔女斗篷隱藏身體曲線，底下則是整齊穿著某間私立學校的制服。

過白的肌膚，過瘦的身體，怪異的舉動，閃耀狂熱的危險貓眼……無論用什麼好聽的說法，還是只能說她是個怪女孩……找不到更好，也沒有更糟的形容詞。

「玉井伊歐……這是刻在我這副塗滿現世汙泥的不祥身軀之名……」

揮開斗篷，自稱玉井伊歐的怪女孩的薄嘴唇露出一抹笑容：

「不過刻在靈魂上的真名是……『淚夜』……」

「……啥……？」

女孩伸手指向眉心，那似乎是她的招牌動作。女孩擺出那個動作停頓了一會兒。該說什麼才好？全部都很莫名其妙。

近來以大河為首，竜兒也見過不少怪傢伙，只是眼前的玉井伊歐的危險模樣，與其他人比起來依然顯得獨特。

除了表現和舉止奇怪，總覺得她背後似乎有股陰鬱的黑色火焰幻象，足以把周圍燒盡。竜兒認為那抹黑暗已經屬於常人無法理解的「魔」。相對地，伊歐也充滿宅的特性。

「……話說回來，我真是太失敗了……雖說外表長得可怕，畢竟還是無辜市民，卻對你使出必殺詛咒……而且沒辦法取消……這下子該如何是好……喂，你希望我怎麼做？」

「……不用了，妳不需要特別做什麼。說到這個，對了──大河！」

突然恢復記憶。現在不是繼續待在這裡的時候。

遇到怪人的衝擊，害他差點忘記自己正在尋找大河。

「好了，再見。」

「……等一下。」

「我現在很忙。」

「……我可是很認真地說話……你該不會和女人有約？」

「啥？呃、唉……差不多就是那樣。」

竜兒覺得這傢伙真是多管閒事，只想早點離開這裡。他站在雨中隨便敷衍幾句便轉身背對伊歐準備邁步跑開，沒想到下一秒──

「身為高中生卻把女孩子帶到神聖的祭典……！你們該不會打算等一下用夏季和服玩轉圈遊戲吧？這種事情、這種事……」

伊歐雙手直直伸向天空，極度亢奮地高叫：

「骯・髒・汙・穢・至・極──！」

鏗！竜兒的腦門同時遭到強列的衝擊。眼前一片白的他忍不住當場跪下。

「……痛死了……怎麼回事？為什麼天上會掉下塑膠臉盆！」

雖說他抬頭只看見高大櫸木的樹枝。

「啊啊，太下流了！太驚人了！聽說這條國道沿途上大約有四間可疑的、用來進行說出來嚇死人行為的旅館……然後你們進去那裡過夜……啊啊！太可怕了，這是人類墮落慾望的下場！沾染上性慾之名的污辱，如同野獸般交纏肉體，拋開一切高尚的決心和高貴的目的，成為骯髒慾望的俘虜，通貨緊縮螺旋是下層社會的停滯！」

「妳到底在說什麼？我為什麼要遇到這種事！」

「這是宿命！來吧，儘管說吧，可憐的時光旅人……我玉井伊歐，同時也是涙夜後悔因為誤會而對你施展詛咒！來吧、來吧、來吧來吧來吧來吧！你要求什麼等值賠償！」

「我什麼都不要，拜託放過我吧！我真的有急事！」

「那怎麼行！如果你無論如何不接受我的賠罪，我只好這樣做了！容我在這裡和我的身軀告別！也就是以死賠罪！」

伊歐歇斯底里地尖聲喊叫，從斗篷底下拿出骷髏裝飾短劍，把劍刺向自己的喉嚨。竜兒連忙撲上去按住她的手加以阻止：

「這種事不能開玩笑！妳突然叫我想，我也想不出來要什麼！」

「咕……遭性慾侵犯的現代人腦無法應付困難的問題嗎……嗯，有了！」

伊歐突然想到什麼，點點頭從斗篷底下的內袋拿出一張短籤和麥克筆，遞給竜兒：

「這個給你……這是心想事成的短籤。在滿月夜裡沾滿祭品野獸的唾液，經過魔法陣神祕儀式加持，是真正的魔法道具……」

「……這、不是妳剛才賣的東西嗎？再說祭品是……」

「是柴犬。」

竜兒被迫收下，傷腦筋地低頭看著短籤和麥克筆。現在不是做這種事的時候……真的。

「那麼再見，我收下了。」

「不對……你要在上面寫下願望……這樣咒語才會實現……」

「麻煩死了！總、總之只要我寫完，妳就會放過我吧？可惡……真是找麻煩……」

竜兒一邊抱怨，一邊蹲下來靠著大腿，快動作拿下麥克筆蓋子。現在沒時間煩惱該寫什麼好了。只是隨便寫下：「希望找到大河。」這是現實又急迫的願望。

「……真是奇怪的願望。這樣就好嗎？」

「這樣就好。我走了。」

「……等一下，還沒。這個大河是……星期日晚上在公營電視台播放的……？」

「這不是連續劇，是人名，人名。逢坂大河，名字雖然奇怪，不過是女生的名字。」

「啊。夏季和服轉圈的……骯髒事……是你的女朋友嗎？」

「不是，我們沒在交往，誰有辦法和那隻凶猛彆扭又粗暴的傢伙交往。那是野獸。」

「……也是個外表醜到不行的女生吧？」

「不，長得很可愛，不過內在就……唉，如果她的個性更可愛一點、更坦率更溫柔更有女人味一點，順便對我深深著迷就另當別論，不過事實完全不是如此。就是這樣，再見。」

「啊、啊，還沒完！意思就是那樣的『大河』比較好吧……原來如此，所以才說『希望找到』對方。我幫你補充完整。個性要更可愛、更坦率更溫柔……」

竜兒對於伊歐的話只是隨便點頭敷衍，一心只想著快點找到大河。

「呵……呵呵……好了……」

因為沒注意到黑暗魔女在他背後單手舉起短籤露出詭異的笑容：

「——高須竜兒！你的願望我聽見了——！」

伊歐突然發出大叫，瞬間竜兒看見一陣奇妙的黑色龍捲風吹動伊歐的斗篷。

「……嗯？」

「唔！」

那陣風迎面襲向竜兒的身體，讓竜兒忍不住後退一步的冷風吹襲全身。雖然冰冷，但是竜兒莫名知道……那是火焰，黑色火焰。

這到底是怎麼回事?竜兒雖然很心急，但是和服下襬被吹起，眼睛也無法睜開。

好不容易等到風停下來，眼睛能夠睜開時，他才注意到雨停了。剛才下個不停的雨無聲無息停止，伊歐的身影也有如幻影一般消失。

「……竜兒!總算找到你了!」

「大河?妳剛才在哪裡!」

穿著夏季和服的大河從樹蔭現身:

「我在找竜兒啊!太過分了，你居然丟下我走了!」

竜兒感覺到強烈的不對勁。

好像有哪裡不一樣，不是應該要出現「笨狗!」或「垃圾!」或「腐爛吧你!」之類的話嗎?然而大河突然淚眼汪汪地跑過來。

「……什……!」

「竜兒是——笨蛋!」

纖細的白皙手臂繞在竜兒的脖子上。咚!被她撞擊的胸口因為驚愕和緊張而顫抖。大河用力摟緊竜兒，把臉埋在竜兒胸前，以悶悶的聲音說道:

「……我不要再離開你了……」

——怎麼會有這種事?

竜兒幾乎愣在原地，傻傻地張大嘴巴，只有眼睛閃耀詭異的光芒（不是因為興奮，而是太過吃驚），低頭看著大河的髮旋：

「大……大河？……妳是大河吧？」

那股輕柔的髮香，的確是他熟悉的洗髮精味道。

＊＊＊

這是夢還是幻覺？

至少竜兒認為這一切都不是現實。

「吶，幸好雨停了。攤位還在營業，竜兒想吃什麼？」

微笑的大河以亮晶晶的大眼睛仰望竜兒，帶著淡淡亮澤的薔薇色嘴唇彷彿在期待什麼，就連臉頰也染上一片桃紅：

「……討厭，你為什麼從剛才開始都不說話？」

大河緊握竜兒的手。

熱鬧的人潮再度回到祭典。兩人在人群裡看著攤位並肩踏著木屐往前走，令人驚訝的是他們現正手牽著手。大河以撒嬌的動作碰觸竜兒的手，趁著竜兒驚訝地張開拳頭時，冰冷的手指滑入竜兒的掌心。

這會不會是什麼陷阱？也許得意忘形握住她的手，她馬上會回以平常的冰冷嘲笑和暴力反擊。

可是怎麼還沒發動攻擊？以陷阱來說未免等太久了。再說大河的「演技」也太過厲害，現在這個樣子真的像個可愛的女孩子。

內心充滿動搖和困惑的竜兒冒出手汗。

「竜、兒。」

「……什、什麼……？」

「……只是叫一下。因為你一直不把臉轉過來。」

「……」

大河不可思議地對竜兒「嘿嘿！」微笑。

那張雪白的漂亮長相，缺乏安全感的小手，的確是平常熟悉的逢坂大河，但是——

「大、大河……？」

「怎麼了？」

「妳、好像……不太對勁？」

「咦？為什麼？」

驚訝睜大的眼中不帶毒氣也沒有攻擊性，嗅不到陷阱的味道，看著竜兒的視線十分純真。那隻掌中老虎不可能做出微偏著頭的可愛動作。

「呵呵，奇怪的人是竜兒。你一直盯著我。」

「啊，不……」

「你看，又來了……你一直盯著我，我都不好意思了。」

她惡作劇似的撞了一下竜兒的肩膀，放開手小步跑向攤位。那個跑步方式與剛才猛攻攤位的老虎姿態完全不同，彷彿像隻想要玩弄玩具老鼠的小貓一樣可愛。

接著轉過身，有些興奮地以滿臉笑容指著用冰塊冰鎮的彈珠汽水：

「吶，喝這個好嗎？」

看到大河的模樣，「那個女孩子好可愛！」「唔哇，超級美少女！」——路過的男生紛紛熱烈討論起來。

「妳住在附近嗎？國中生？」

「妳怎麼那麼可愛！我請妳吃東西吧。」

一名身穿甚平、挽起衣袖的長髮男彎腰湊近大河的臉。若是平常，大河早就吐對方口水、動手殺人了。

「咦、咦、呃、那個……」

不過今晚的大河只是紅著臉，伸手抵著嘴邊，不知所措地垂著眉毛。

「有什麼關係，妳一個人?和朋友一起來嗎?」

「呀啊!」

肩膀被抓住的大河以快要哭出來的模樣看向竜兒。竜兒這才回過神來，有些驚訝地跑近大河，擋在男子面前…

「不、不好意思，她是我同伴——」

「噫噫噫噫!」

「對不起!對不起!因為這位小姐太美了，我才忍不住搭訕!」

「只是一時興起，非常抱歉!」

竜兒正想低頭鞠躬，男子已經鐵青著臉誇張喊叫，加快動作趕緊跑開。

「……我的臉真的有那麼可怕嗎……」

心情有些難以言喻的竜兒不知不覺磨擦自己的顴骨。

「好——好可怕……!」

大河流下臉頰的淚水讓竜兒說不出話來。雖說這並非第一次見到大河哭——

「……唔……唔……唔。」

幾乎發不出聲音的大河低下小臉，稍微遮住眼睛的舉動搔動竜兒的胸口，連竜兒自己也無法解釋怎麼會有這種情緒。

「妳、妳別哭了，不過是那麼點小事。」

「……可是……可是——」

竜兒這才注意到自己的雙手不由自主輕摟著抽泣的大河肩膀，拚命盯著她的臉。他本想順勢抱住她讓她安心，順便摸摸她的頭。

看到他們的樣子，彈珠汽水店的老爹說聲：

「真可憐，這個拿去吧。」

然後遞出兩瓶冰涼的彈珠汽水給哭個不停的大河。

「啊，這怎麼好意思……我會付錢。」

竜兒連忙準備拿出錢包，老爹對他搖頭：

「工作辛苦了。你是哪個組織的兄弟啊？」

——看來老爹完全誤會了。竜兒認為即使否認，對方也不一定相信，於是代替大河收下彈珠汽水，輕輕鞠躬致意。

「大河，我們過去那邊吧。站在這裡會妨礙通行。」

「……嗯。」

大河牢牢抱著竜兒的手，竜兒也不可能甩開，只好避開人耳目地帶著大河走向路旁。

「……謝謝你保護我……」

一邊走的同時，抱著他的大河抬頭仰望竜兒的臉，淚溼的臉頰撒嬌般磨蹭竜兒的手臂。

「不、不要緊嗎……？」

「嗯。」

紅腫的眼皮楚楚可憐教人心疼，另一方面也散發令人戰慄的韻味。

竜兒拚命咽下混亂，悄悄長嘆一口氣。雖然不曉得是怎麼回事——但是老實說，這樣也不壞。

和可愛的大河靠在一起步行在祭典的喧囂中，清楚感受彼此的溫度，同時體貼配合對方的步調，踏著木屐前進。

「……要喝彈珠汽水嗎？」

仍舊淚眼婆娑的大河搖頭，以細微的聲音開口：

「那個，我不太會一邊走一邊喝，可以找個地方坐下來喝嗎……」

「好。」

「……對不起，我居然為了那種小事哭泣……」

「這、這也沒辦法。」

「……竜兒好溫柔……」

呼吸彷彿快要停止。有點沙啞的甜美聲音搔弄耳朵，令他激動地快要發抖。

他大概明白這是怎麼回事了。本來還覺得不可能而數次推翻自己的想法，但是到了如今也只能接受。

這個大河就是他對伊歐說的「個性更可愛、更坦率更溫柔更有女人味，對我深深著迷」的大河。這到底是什麼回事？感覺起來一點也不真實，不過既然變成這樣也沒辦法拒絕，只有乖乖接受。

他們走了一會兒，最後來到距離吵鬧祭典有點距離的安靜神社庭院。

竜兒與大河在剛下過雨的悶熱夜晚裡，並肩坐在長椅上。

接著竜兒手握彈珠汽水瓶，拇指壓擠牢牢嵌在瓶口的透明彈珠，「……唷！」把它推進瓶內。汽水的泡沫頓時從瓶口湧出來。

「呀啊！衣服會弄濕！」

「小心和服！」

兩人連忙跳了幾步，目光交會後相視而笑。竜兒把那瓶交給大河，另一瓶留給自己……

「喝吧。夠冰嗎？」

「……嗯。好刺激……」

喝下一口彈珠汽水，大河就像吃到辣的食物一樣吐出薄舌。竜兒的心臟因為這個可愛的動作狂跳不已，為了掩飾自己的心跳，他也喝了幾口汽水。

眼角仍隱約帶著淚水的大河朝著竜兒甜甜一笑，看著手中透著月光的汽水瓶說道：

「……好想要裡面的彈珠。」

鏗！汽水瓶底的透明球體滾動。

「我幫妳弄開瓶口拿出來。」

「真的嗎？」

「不過要先全部喝完。」

「……喝得完嗎……」

「我幫妳吧。」

坐在長椅上仰望月亮的竜兒很自然地這麼說道。

「……我就是喜歡竜兒這點。」

旁邊的大河把頭靠在竜兒的肩膀上，就連她的呼氣也透過緊靠在一起的身體傳來。

「大、大河——」

「……幸好雨停了，也幸好我和竜兒一起參加祭典……」

低垂睫毛的影子清晰落在月光照耀的雪白臉頰上。每當大河開口，影子就會跟著搖動：

「……牛郎和織女，一定能夠見面吧……？」

突然被眨動的眼睛凝視的竜兒屏住呼吸。光亮的眼睛潤澤閃耀，簡直就像倒映銀河。好美。

大河的眼睛是那麼美麗，彷彿所有聲音都從這個世界消失。凝視那雙眼睛的竜兒好像要被吸進去——

「……啊！」

「呃！」

鏘！堅硬的碰撞聲突然打破寂靜。

轉過上半身的大河弄掉彈珠汽水瓶，竜兒馬上打算撿起，卻把自己的瓶子也弄掉了。

「啊——啊啊，真浪費。」

「糟了……」

瓶子不巧地掉在固定長椅椅腳的水泥基座，兩瓶彈珠汽水「咻咻！」全部撒在地上。竜兒無奈地撿起空瓶，用力扭開栓得很緊的瓶口：

「唷咻！來，彈珠拿出來了。」

「啊……謝謝……」

竜兒俐落打開兩支瓶子的瓶口拿出兩顆彈珠，擺在大河的掌心。大河看著被汽水弄濕的彈珠：

「……好漂亮……」

看起來很柔軟的嘴唇溫柔露出寧靜的微笑，然後用力握緊彈珠：

「……我最喜歡竜兒了。」

「呃……」

然後將自己的上半身靠在竜兒胸口，像貓咪一樣弓起背，臉頰貼在竜兒穿著夏季和服的胸前。

「好溫暖……」

聲音幾乎是輕聲吐氣。任她依靠的竜兒像座石像僵硬緊繃，甚至對自己的心臟還能夠正常運作感到不解。明明已經快到極限，瀕臨爆炸了。

「竜兒……這裡好安靜……沒有半個人……沒有人看到……所以……也不會難為情。」

「大、大大大、大、大河……？」

大河的聲音像是在說夢話，甜美地在空氣裡迴響，拂過竜兒的肌膚。她究竟想說什麼？

這時竜兒想到了。

對了——這個大河是個性可愛、坦率溫柔而且充滿女人味，同時……對竜兒深深著迷。

也就是說、也就是說這個舉動的意思是——

「竜兒……」

「嗚……」

嘴唇靠近鎖骨下方。

大河的嘴唇貼在竜兒身上，緩緩開口說道：

「……我喜歡你……最喜歡你了……」

被聲音顫動的皮膚。這些話的意思。甜美的聲音。

那股衝擊彷彿有一隻塗著鮮奶油的手正在攪動腦袋。太過甜美的刺激會死。為了活下去，只有這個辦法了。

「……啊……」

伸出手臂抱緊。

肩膀、背部、手臂、胸部，全都牢牢抱在他的兩條手臂之中。

大河顫抖的嬌小背部，加上自己鼓譟的心跳，讓那些浮上腦海的想法瞬間流逝。到底為什麼會變成這樣？這是現實嗎？這樣做會演變成什麼狀況？諸如此類的疑問全都消失，一口氣流向竜兒眼睛看不見的地方。

然而。

「……痛……」

隱約的聲音讓竜兒回神。我做錯了什麼嗎？他連忙看向大河的臉。大河難為情地低下通紅的臉：

「……嗯，對不起……我的腳有點……」

從夏季和服底下露出的白皙雙腿不安扭動。

「腳？」

怎麼了？竜兒看向長椅下方，忍不住大叫：

「哇啊！這是怎麼回事？什麼時候受傷的！」

大河雪白的腳因為夾腳木屐的關係擦傷，從腳趾根部到指甲都破皮滲血。

「我想是走散時到處跑的關係……」

「為什麼不說！」

「和竜兒一起參加祭典好開心……我說不出口……」

「妳……」

「對不起……我不想聽見你說回家……因為、因為……」

抬起臉的大河用發抖的手指緊抓竜兒和服前襟，快要哭出來的眼睛倒映月光：

「……拜託你不要停……？就這樣繼續……現在沒有其他人……拜託……」

最後靜靜閉上眼睛。

抬起下巴，屏住呼吸，嘴唇對著竜兒，抓著前襟的纖細手指還在發抖。

會被殺掉。這是竜兒現在的想法。剛才攪亂腦漿的那隻手，這回變成緊揪心臟。眼前彷佛覆蓋鮮紅的薄霧，過度亢奮的他感到頭暈，內心只想著：該發生的事就讓它發生吧。

該發生的事發生之後，看能夠進展到哪裡就到哪裡。

抓住大河的肩膀，感覺她抖了一下。竜兒將她拉近，稍微彎下身軀，氣息即將交疊時。

「……！」

他又一次看到大河受傷的腳。

對於處在「該發生的就讓它發生」模式的腦袋來說，彷彿一滴冰冷的水滴。

思緒如散開的漣漪一般搖曳，搖動的水面浮現大河……平常的大河那張不悅埋怨的臉。

大河會不會拖著受傷的腳正在找我？

會不會在雨中來回奔走，雙手抓著棉花糖，戰戰兢兢看著四周呢？會不會快哭了呢？

如果是這樣。

這樣的話——

「……竜兒？」

「……」

——我怎麼能夠不去找她。

我果然還是——

「竜兒，怎麼了……」

「……抱歉，我還是只能直接讓妳回去。」

不安睜大眼睛的大河眼裡瞬間閃過驚愕的光芒……

「咦……不要……我不要，竜兒！」

「上來，我揹妳。必須送妳回到來的地方。」

「不要！我們好不容易能夠見面……雨好不容易停了！啊、不要……我不要！」

竜兒幾乎採取強迫手段拖起抗拒的大河，把她背到背上朝著商店街外面跑去。沒什麼力氣的拳頭敲打他的背……

「不要不要，這樣不是很好嗎！竜兒不是希望這樣嗎！」

叫聲裡攙雜著淚水，可是竜兒不可能停下腳步……

「……我還有其他地方要去！」

他背著大河，感覺莫名輕巧。明明直到剛才都還有真實的體重和體溫。

這個大河，如果用伊歐的話來說，應該是不存在於這個世界的人……帶著混亂與驚愕，竜兒在黑夜中穿過神社庭院，穿過鳥居，由寂靜的樹林返回祭典的喧囂。攤販的燈光刺眼，但是交錯的人群感覺好像道具背景。竜兒總算「注意到了」。

「不要！為什麼？我們不是好不容易才見面嗎！」

「可是我還沒找到大河！」

「我就是大河！」

「那個大河也是大河！」

「我那麼喜歡竜兒……竜兒也回應了我，不是嗎？」

的確回應了。

因為幻想……不，是太過美好的妄想化為形式出現。話雖如此，竜兒不曾想過要拋棄現實。接受妄想與拋棄現實，對竜兒來說並不對等。這就是答案，所以竜兒要跑。

「可惡，剛才的怪女生在哪裡？」

記得那傢伙、玉井伊歐是坐在成排攤位的漆黑縫隙裡——

「……特製短籤三〇〇〇圓……」

「找到了！喂，妳！」

竜兒緊急煞車，手指著坐在地上，披著可疑斗篷的國中女生。

「哎呀……怎麼了？我記得你是——高須竜兒。願望應該已經實現了……」

整齊的瀏海下方，閃閃發光的神祕貓眼直視竜兒的臉。

「取消，快點取消！」

「……到底為什麼……？你有什麼不滿意嗎？」

「我要退貨！只是這樣！」

「不要，我不要！竜兒拜託你！」

伊歐站起來甩動斗篷，好奇地來回看著竜兒和大河露出笑容：

「呵呵呵……不行。你必須把願望重新寫在短籤上。短籤一張……一〇〇〇〇圓。」

「怎麼漲價了！可惡……好，我接受，給我！」

「……多謝惠顧……」

不要不要。竜兒背著吵鬧的大河，毫不猶豫地拿麥克筆在短籤上寫下新願望，這次的願望與之前不同——「我想找到和平常一樣的大河」。

「……這樣就好了嗎？」

「這樣就好！」

「……哼、既然如此……好！我就做到一〇〇〇〇圓份的工作！」

「啪！」伊歐翻動斗篷接過短籤，以魔物的表情露出陰森的笑臉：

「首先消滅傀儡！消失吧，淫亂的傢伙！」

「呀啊！」

「唔噗！」

她從口袋拿出來的東西恐怕就是「聖灰」。將那個東西撒到背後的大河身上，當然也會再度襲擊竜兒的眼睛和鼻子。

黏膜因為可怕的刺激瞬間失去知覺。什麼也看不見，什麼也聽不見，分不清上下左右，大河變成怎樣也不清楚，只有爆炸般的痛楚和辛辣襲擊竜兒的五感。他連站都站不起來，逐漸趴倒在地。

痛苦到幾乎無法出聲——我該不會死了吧？那個聖灰到底是什麼？

『……協尋迷路的小孩……呃——穿著菖蒲圖案夏季和服的高二生逢坂——哇，等等，妳……痛痛痛痛！別搶麥克風……唔啊啊啊！』

斷斷續續聽見遠處傳來的聲音。那是廣播嗎？

『慢吞吞的，煩死了！高、須、竜兒——！你這隻蠢狗！到底跑去哪裡鬼混了！不快點過來接我，小心我殺了你！』

——下雨了。

不曉得什麼時候，雨水一滴、兩滴，滴落趴在地面的臉上。

＊＊＊

「你到底在搞什麼！我為了找你走到磨破腳跟，棉花糖也被雨淋溼溶化，再加上錢在你身上，害我沒買到刨冰和彈珠汽水！」

「我不是跟妳說了嗎！我也在找妳，結果遇到奇怪的女生，被撒了奇怪的藥，在攤子後面暈過去了！」

「說謊的雜種狗！」

「砰！」後腦勺遭受的衝擊，恐怕是來自她手上的水球。雖然不痛，但有種莫名不甘心的感覺。

「跟妳說是真的嘛！可惡……妳還不是堂堂一個高中生，居然跑去兒童迷路中心。」

「可是我們也是因為這樣才能會合。感謝我吧，崇拜我吧，獻上貢品吧！」

竜兒深深嘆了口氣，感覺一陣疲勞。他背著大河撐著塑膠傘走在雨中。抵達高須家的路途還很遠。

正如同他對大河說的話，他只記得暈過去之前最後一幕，是個穿著黑斗篷的怪人。那傢伙一邊喊叫什麼一邊撒出零錢，接著朝竜兒扔出可怕的刺激物。竜兒就這樣靠著樹木暈過去，後來才因為大河親自上場的迷路小孩廣播醒來。

「真是難以形容的奇怪體驗。真希望妳和那個超級奇怪的女生有機會正面對決……」

「……」

「大河？」

本來以為是平常的無視攻擊，結果背後不知何時傳來安穩的鼾聲。大河就這樣自顧自地在竜兒背上睡著了。

「……真是自私的傢伙……一點也不緊張嗎？」

有點受不了的竜兒搖晃大河，想要把她弄醒。

「……嘶……」

大河的鼾聲仍然安穩規律。真拿妳沒辦法。竜兒小聲說完，無奈地繼續往前走。

空無一人的住宅區街上格外寧靜，感覺似乎踏錯一步就會進入奇妙的世界。會出現這種想法，也不曉得是因為祭典殘留的興奮，或者是神祕刺激物的影響。

正當他疲倦地準備轉彎時。

「……嗯……？」

竜兒忍不住停下腳步，眼睛盯著迎面走來的兩名男女。

「伊歐好過分，妳說想去祭典我才帶妳去的，結果才剛開始就把我甩掉！」

「我沒有甩掉你，哥……只是有點私事……」

「私事？」

「……就像是賺點零用錢……呵呵呵……」

從對話內容聽來，手牽手的兩人應該是兄妹，不過長得一點也不像。相對於看似普通學生的哥哥，妹妹穿著一件黑斗篷。黑色長髮融入黑夜裡，只有大大的貓眼閃耀異常狂熱，絕對不會搞錯人。

「……大、大河……就是她，我剛剛說過的怪女生！起來，我叫妳起來……」

竜兒靠在牆邊拚命搖晃大河的身體。可是大河彷彿安心的野獸，把體重完全託付給竜兒，繼續悠哉熟睡。

哇啊，走過來了。竜兒的身體不禁為之僵硬。

擦肩而過的瞬間，黑斗篷怪人看向竜兒。只動了一下嘴唇，看起來好像在說什麼神祕訊息……又好像不是這樣。

訊息只有一句話：「『大河』好像也在找『不一樣的竜兒』……」不懂是什麼意思。

神祕的兄妹就這樣走過竜兒身邊離開，只剩下背著野獸的竜兒孤伶伶站在雨中。

那名女生到底是誰？他目送他們的背影消失在夜色裡。

「……嗯？」

突然聽到鏘鏘響聲。

似乎是大河睡著之後鬆手，原本握在手裡的東西掉在地上。竜兒揹著大河勉強彎腰撿起發光的東西。

「什麼……原來是彈珠。有兩個……這傢伙不是說沒喝到彈珠汽水嗎……？」

竜兒感到懷疑而不解偏頭，總覺得有點在意。但是就算他再怎麼思考也沒有用。

「……唉，算了。」

竜兒再度邁開腳步。

明年再和大河一起來喝彈珠汽水吧。

想吃拉麵的透明人

疏離感——雖然沒於那麼嚴重，不過他在許多場合經常無法克制地感覺自己是多餘的。

「對～不起，我今天有約會～吶～不管怎麼說因為今天是那個，三一四吧～～」

「三一四？圓周率和約會又有什麼關係……呃？哇啊、對了，我真傻，是三月十四日，世人所謂的白色情人節。」

比如說像現在這種時候也是。

今天三月十四日對能登久光來說，只是高中二年級最後的期末考前一天。所以他準備找春田放學後一起吃過拉麵之後回家，替接下來嚴苛的開夜車苦讀計畫養精蓄銳，但卻遭到拒絕。有女朋友的人要去過白色情人節天經地義，誰有興致和男人一起吃拉麵。

「所以你今天要去約會吧。話說回來在期末考前一天約會……唉，這是多麼高貴，多麼充實啊。」

呼呼呼！春田握拳頭靠著嘴邊，翹起眼睛露出眼白，一臉不正經的笑容：

「錢包裡可是一點兒也不充實～我的所有財產全用來買耳環送給瀨奈了～～不用說考試當然也很不妙。要是被百合知道，肯定會被～處以極刑。」

「能有那麼漂亮的女朋友，我也想要被處以極刑。啐……不會發生武裝暴動吧……我真

的很想被處極刑……」

有點認真地喃喃自語的他拿下黑框眼睛，粗魯揉揉小眼睛。

沒有考慮到有情人的例行節日，還大聲邀約有女朋友的人：「一起去吃個拉麵再回家吧，拉麵！」真是遲鈍到不行，多看看這個世界的氣氛吧。包括男女交往的微妙之處等一切事情，自己根本什麼都不懂……

「拜拜——！」「然後我先寫了簡訊。」「啊——不行，放棄世界史！」「嗯，明天見。」「不會吧？那是考試範圍？」放學後擺放成排置物櫃的走廊呈現隆冬景色。熙來攘往的全是外套的深藍色、黑色和灰色。喧囂著期末考前一天緊繃氣氛的躁鬱與混亂。

而在其中顯得礙事的局外人就是自己。

真的好討厭。

「……唉——無聊透頂，難得今天天氣那麼適合吃拉麵，大師今天要去學生會，高須又那個樣子。看來我只好一個人孤單回家了。」

「我可以陪你走到腳踏車停車場。不如你自己吃完再回家吧？」

「我才不要。我還沒一個人吃過拉麵。」

「咦，是喔？我國中一年級就做過了～沒想到小登登也有JOY的一面。」

「你想說的是SHY吧？我超害羞的。」

能登與斜背運動包的笨蛋一起走在走廊上，一面自暴自棄地把掛在脖子上的圍巾捲到下巴。為了應付走出校門只剩自己一個人的瞬間，他將太常使用而傷痕累累的舊款ｉＰｏｄ放在口袋裡，把兼具防寒功能的耳罩式耳機掛在包包提帶，手套也放進口袋。打開播放清單，調整音量之後播放。

沒有一個人鑽過拉麵店門簾的勇氣，所以肚子點餓。但是內心只要充滿音樂，就不會感到寂寞。

「喔！要回家了？」

大步走下樓梯，由下跑上來的魔物注意到能登和春田而停下腳步。鄰近黃昏時分正是逢魔時刻。蘊含狂亂氣息的雙眼緊盯兩名高中男生，發出銳利刀刃般的危險亮光。對，他們遇到準備在明天起的期末考期間，放火燒光所有校舍的赤犬魔少年——當然不是這樣。

「是啊。你呢？該不會已經可以回家了？」

「不，還早。我今天要整理大河的置物櫃。」

來者是高須竜兒。

這位只有長相可怕的朋友目前有罪在身，必須接受處罰。除了接受處罰之外，漂亮的女朋友也因為行蹤不明不在身邊。

他犯下的罪是私奔未遂。處罰是每天放學後的指導作文（主要是寫悔過書並且聆聽說教），以及每週三次的清潔懲罰。奉命整理「休學的前在校生」置物櫃，大概也是清潔懲罰之一。

春田落寞地皺眉說道：

「咦，要清理老虎的置物櫃嗎？總覺得好寂寞喔～這樣一來老虎就真的離開這所學校了～……」

「有什麼辦法。唉，說是清理其實也只是把剩下的東西裝進紙箱，暫時放在我家。」

遭到處罰的當事人乍看之下像個隨時會發飆的毒鬼臉，但是和他交朋友就會看到本性善良的他露出笑容。

這是不是逞強呢？能登無法判斷，所以無法說出：「要不要幫忙？」

如果他是拚命鼓起勇氣壓抑情感，能登希望尊重他的自尊。如果他需要精神上的支持，能登也會送上全套的好友能量。可是若是早就超越笑容能夠應付的境界，能登覺得不如不要多管閒事。

因為他無法掌握自己在高須竜兒心裡的位置。最近，或者該說從私奔未遂事件開始——從竜兒失去逢坂大河一個人回來之後，能登就一直有這種感覺。

「我也來幫忙吧～？」

不愧是嘴巴和心連在一起，沒有經過大腦的春田。他沒理會能登什麼也說不出口地愣在一旁，逕自開口發問。

「你在說什麼，你待會兒不是要去約會嗎？」

能登反射地吐嘈之後，又後悔自己不應該開口。老是把不該說的話一股腦兒地說出口的我是怎麼回事？這簡直像是嫉妒主動開口幫忙的好孩子春田，才會感覺莫名帶刺……不對，我當然沒有那想法。

「約會？和那位女朋友？」

「……噗！」

高須竜兒把頭髮中分貼緊頭頂，模仿「那位女朋友」。能登忍不住笑了。雖說一點也不像，不過春田的女朋友的確是中分髮型，只有掌握這點的粗糙模仿反而點中他的笑穴。春田不滿地嘟嘴抱怨：

「一點也不像～～！完全不像～～！可惡～～算了，掰掰！我們走吧～～小登登！」

春田抓住能登的手臂轉身，拉著他往樓梯走去。

「明天見！啊、春田！明天期末考喔！別忘了！」

「咦……？奇摩……？啊、啊～～！我當然記得！當然！」

「……真的不要緊嗎？現在是去約會的時候嗎？」

高須竜兒從樓梯間回頭看著我們，打從心底不安地偏著頭，同時準備往樓上走去。

「啊——那個，高須。」

能登忍不住叫住準備離開的背影。

「嗯？」

他一邊被春田拉下樓，還是無法開口說出：「我有空，讓我來幫你。」可是已經把竜兒叫住，又不得不說點什麼：

「那個，高須……你要不要緊？」

我的問題真是莫名其妙。

「哎呀，看起來似乎是不要緊！該怎麼說，就是……要整理老虎的東西，你的心情大概相當複雜吧……話說回來，我的意思不是說整理她的東西，情況會變得如何！可是那個……這個……就是、你、不要緊吧……？」

想要解釋卻愈說愈糊塗，這次能登真的打從心底討厭自己的多管閒事。早知道還是什麼都別說得好。

「喔！我沒事！」

樓梯上的好友對他舉起一隻手。

「……應該！」

後面補充的玩笑也很開朗，然後比出V字手勢。

能登覺得自己得救了。這次他大大揮手回應：再見。隔著樓梯告別。

在彷彿冷空氣凝聚之處的鞋櫃換上鞋子離開校舍，在腳踏車停車場與春田道別後，和其他放學的學生一起走向通往車站的路上。

和平常一樣戴上心愛的耳罩式耳機，用凍僵的手指操作選單，準備播放上下學專用的清單。無意識地選擇隨機播放，耳朵聽見西洋歌曲的旋律。

「非常有名，畢竟是湯姆克魯斯主演的。」

——很痛，又很苦。

「怎麼會有人不知道。」

木原麻耶的聲音在胸口以幾乎勒緊心臟的節奏甦醒。

我的好像當機了，沒有辦法操作。你知道怎麼修吧?可以幫忙我修嗎?

從麻耶手中接過亮粉紅色ｉＰｏｄ ｎａｎｏ，已經是上個月的事。在午休時間的教室裡，在我頭上開口的麻耶好像很不情願，對我感到十分厭惡。

我接過ｎａｎｏ的動作八成很惹人厭吧。根本不曾想過她會主動找我說話，所以真的嚇了一跳，連回答的聲音也發不出來。從校外教學的爭執之後，我們就不曾好好說過話……不對，在爭執之前也不算曾經好好說過話。

能登不讓她看到自己緊張的臉，一面看著當機的小畫面，以之前幫其他人修過的同樣步驟重新開機。蘋果標誌閃爍之後，螢幕重新出現畫面，能登操作了一下確認狀態，正好看到畫面上出現他喜歡的樂團曲名。

「……喔，妳是他們的歌迷啊。我有他們所有專輯。」

「還好。只是碰巧收錄在我喜歡的電影原聲帶裡面，才會一起傳進來。」

「……喔……哪部電影？」

「香草天空。」

「……喔。」

「說到這個，前陣子我隨便借了ＤＶＤ來看，結果那部片子和我想像的感覺完全不同，大概就是『咦?是這種故事嗎?』的感覺。我因為看不懂又看了一遍，還看過網路上的解析後再看一遍，應該說買了下來，就這樣喜歡上這部片子，還買了原聲帶。」

「……喔。」

「只會說『喔——喔——』你主動發問卻是那種反應嗎？」

「因為我不知道那部電影。」

只會回答「……喔。」是因為無法好好說話。說了「……喔。」之後再設法找出接下來能說的話。說得精確一點，就是緊張導致他連重要的主題都聽不進去。

麻耶似乎對能登的態度感到不耐，拿回修好的ｎａｎｏ之後說聲：「那是湯姆克魯斯演的電影，怎麼會有人不知道。」說到這裡，能登終於想起來：

「啊啊，什麼嘛，原來是在說那部重拍自『睜開你的雙眼』的電影。妳那樣說我馬上就知道了。嗯，我雖然沒看過，不過舊版的評價似乎很不錯?嗯，不少大牌藝人都參與原聲帶的製作。就這點來說讓人覺得真不愧是好萊塢，對吧?」

「……那又怎樣。能登這種態度真的很討厭。」

麻耶轉身走到教室另一頭。掃過鼻尖的頭髮，散發出甜甜的香氣。

上次也因為當機找過能登修理的逢坂大河，不曉得什麼時候站在一旁，看著剛才的對話。洋娃娃般端整的小臉欲言又止，不過什麼也沒說，只是帶著詭異的屌斗表情離開。

當天晚上，能登也買了同一張電影原聲帶。沒有太深的意義，只是試聽之後發現出乎意料地好聽。

他沒有期待因此出現什麼改變，當然也不可能主動開口：「那張原聲帶看來不錯，所以我也買來聽了。」更不可能說想要看那部電影，甚至要她借我。

即使他能說出這些話，最後一定會演變成糟糕的對話。被討厭的事實不會改變。

話說起來也還好。

沒有特別希望受人喜歡。

……能登很想抓住那個屌斗表情的衣領用力搖晃並且大喊。當然實際上要他對那個最強最凶的掌中老虎這樣做，根本是不可能的事。就物理上來說也是辦不到的事。

因為沒有人知道掌中老虎去了哪裡。

一套課桌椅從教室裡消失，名字從點名簿上消失，到了現在，連置物櫃也要被清空。她曾經存在的證據一一不見。

回到學校的高須竜兒沒有說喪氣話，只是帶著微笑揮手；春田浩次騎著腳踏車去見女朋友；身為學生會長的北村祐作每天忙得不可開交；而我，能登久光只是在聽音樂。

這種事情誰也不知道，與任何人都沒有關係。環境一直在改變，而被拋下的自己獨自聽著耳機傳來的聲音。多餘的人沒有注意消失、流動、變化、誕生、不停發出巨響震動的世界，只顧著發呆。

「……我……」

增加聆聽的曲子，增加喜歡的樂團，我喜歡這樣的自己，也希望能夠更了解音樂。可是我不了解朋友的心情，連怎麼開口說話都不知道，甚至還老是說些沒必要的話惹人生氣。

「……只有我會這樣一直下去嗎……？」

只有我不懂世界的規則，但是一直假裝知情。

如果真是如此，那真的相當寂寞——這麼一想，忍不住停下腳步。

穿著同樣制服的學生紛紛超越停在路中間的能登，嫌他阻礙通行。那些說個不停、配合時機露出笑容的傢伙；互相拍打肩膀，一起跑出去的傢伙；能登完全不懂那些同樣年紀，穿著同樣制服的人在聊些什麼，只聽得到音樂。

可以拿下塞住耳朵的耳機尋問：「喂，你們剛剛說什麼？」嗎？或是假裝全都聽懂，學著他們動口、選對時機笑就好？可是大家看來沒有假裝，只是很普通地做著這些事。

到底大家是在什麼地方學會這種應對方法？

我甚至覺得乾脆什麼都不要看，只要有音樂流進耳朵，只要眼睛也能遮住，就能夠忽略身為多餘者的我有多可悲、多寂寞。

就能夠不去看見看到我這張臉而不悅的僵硬嘴唇，以及冷漠轉開的側臉。

「……！」

「外面都聽得見音樂，有夠大聲！你根本聽不見我在叫你！你到底要開多大聲啊！」

能登嚇了一跳，忍不住推推眼鏡。剛才在腦裡描繪的雪白臉龐突然出現在眼前，還扯下他的耳機。

「什……什麼？嚇死我了，我嚇了一跳……！」

「我從剛才就一直在說你的手套掉了！啊——早知道裝作沒看到就好。」

拿去。把手套遞給能登的人是麻耶。手套似乎是在他沒注意到之時從口袋掉落。深藍色海軍風外套的前襟塞著明亮淡褐色（用來向其他女生自豪：我最愛焦糖色～～）圍巾，清爽的長直髮垂在胸部下緣。麻耶不悅地站在那裡。

突然從內省世界返回的能登無法好好說句話，只能一直盯著微微嘟起的淡粉紅色光芒，無法回應。總之先接過手套。這時肚子發出很大的聲響。

真想死——

「哇啊——我肚子超餓的！妳、妳要不要一起去吃拉麵？」

——真的好想死。

「……啥？」

「那個、就是剛才的聲音！剛剛響得很大聲的是我的肚子！我正好想要去吃拉麵！啊，不過北村沒有要一起去！啊，還是說北村不來，木原也不想來！也對！目標的大師不在，怎麼可能和我去吃拉麵！」

「……你打算找我吵架嗎？」

好想死、好想死、真的好想死。

明明只是想掩飾肚子的聲音……我到底在做什麼？真是的，到底在搞什麼？等一下又惹她生氣了。

「不，那個，不是那個意思……」

麻耶皺起漂亮工整的淺褐色眉毛，瞪著把耳機線拉長又收回的能登，似乎馬上就會轉身說聲：「看到你就煩！」然後走掉。

「……我想說的不是那個，呃，我現在正好……該怎麼說……精神不穩定，我……」

「……為什麼？啊啊，因為明天開始考試？」

不是不是。能登拚命搖頭：

「高須正在清理老虎的置物櫃……我連自己該不該幫忙都不知道就回家了……總覺得，類似的情況很多……就……」

他也知道自己說的話十分莫名其妙。又來了，想說的事情無法好好說出口，乾脆閉嘴好了。麻耶應該會說：「夠了，怎樣都好。」然後轉身摀住耳朵。或許應該忘了拉麵和精神不穩定，一輩子繼續當個莫名其妙的多餘分子，被人來人往排除在外。

不對，更重要的是——乾脆當個完美的透明人吧。

這樣一來就不會有人注意，相對的也不會被拒絕，心靈不會受傷，更不會多事傷人。

可是。

「在哪裡？」

「……咦？」

「拉麵店，在哪裡？」

麻耶站在能登面前，一直凝視他的鏡框。

＊＊＊

假如撿到手套的是其他女孩子——比方說香椎奈奈子、川嶋亞美或櫛枝実乃梨，恐怕就不會發生這種事。

「啊、幸好排隊的隊伍沒有以前那麼長。如何?要排嗎?」

因為太過震撼的關係，結果演變成他找麻耶一起吃拉麵。

「能登!你有在聽嗎?」

「……嗯?咦，妳說什麼?」

「我說隊伍沒有想像中長，要不要排隊!」

說起距離學校很近，之前也去過，很清楚店內狀況的拉麵店，只有「十二宮」了。不過知名連鎖店一定會有排隊人潮，能登一邊想著如果要等很久該怎麼辦，同時一邊在短短幾分鐘的路程中保持令人呼吸困難的沉默與距離，總算抵達拉麵店前面。

的確如同麻耶所說，排隊的人數遠比之前來的時候少。「呃，這樣的話——」在他磨磨蹭蹭、四處張望時，後面走來的團體一邊說著：「今天的隊伍滿短的。」「隊伍尾巴在哪裡?」很自然地在能登和麻耶身後排隊。

「……他們排在我們後面了。唉，好吧，我們排在第幾位呢？我們是──二、四……大概是第十組吧？」

「……之前我也和小高高、春田一起來過。當時排隊花了一個多小時，隊伍排到那個紅綠燈再過去的地方。」

「隊伍變短不少呢。我之前排隊的經驗也和你那次差不多。好吃是好吃，糟糕的是那個甩煮麵水的動作不受歡迎，所以客人也變少了。」

「六道輪迴是吧……這麼說來木原也來過囉？」

「我和奈奈子、亞美一起來的。當時是過來看看櫛枝打工的地方。」

「……對了，我都忘記櫛枝在這裡打工。」

能登突然想轉身離開。

「她今天應該不在。考試前一個星期禁止打工。再說就算她在也沒關係，我們又沒有做壞事。」

「……是啊……嗯、也對……說得對。」

我們不是搞外遇的情侶──幸好他克制住自己才沒說出這句莫名奇妙的台詞。這要歸功於零度以下的驚人北風毫不留情地穿過馬路，讓他全身瞬間凍僵。

「……咕～～～！冷、好冷！」

「真的會死掉……！真想快點吃到拉麵……！」

寒冷的國道沿路沒有東西能夠遮蔽寒風。隔著護欄的車道上連續經過三台大型卡車，那股風壓更是冰冷刺骨。

麻耶雙手放在腋下發抖，輪流踏步忍受寒冷，鼻子和臉頰都凍到發紅。能登也一樣雙手抱胸，雙腳踏步，兩人都沒有開口。

一旦對話中斷，似乎也錯失繼續說話的契機。

陽光早已西斜，天邊的藍灰色愈來愈深。延伸到門簾底下的排隊人群各個寒冷地彎著背，靜靜依序等待。一旁路過的人們也對排隊的人投以「這麼冷還這麼有幹勁」的視線。

「……柳枝也許會幫忙喔？」

麻耶吸一下鼻子，突然開口。能登想了一下，終於聽懂她在說什麼。

「我要回家時看到柳枝還在教室裡，所以能登沒有幫忙也沒關係……再說丸尾的鞋子也還在。」

能登也吸吸冰冷的鼻子。

這下子知道麻耶回家時會確認北村的鞋子在不在。

「……我的意思不是說沒有人需要你幫忙，只是站在你的立場開口。」

麻耶對發紅的纖細手指呼氣，輕輕包住自己的臉頰。想用臉頰溫暖手指？還是想用手指溫暖臉頰?不清楚。不過她的睫毛意外地長。

「總覺得……我們對於老虎的事太不了解了。有些事情也不能問亞美,比方說高須同學和老虎逃走的事,櫛枝和丸尾、亞美看到的事。雖說直到現在我還是很想知道究竟出了什麼事……不過我無心插手,就算知道什麼也都過去了,現在依然無能為力……學校裡有不少莫名其妙亂說話的傢伙,還有只想找尋說閒話題材的傢伙。我也不想被看作和他們一樣。」

麻耶從口袋拿出面紙,毫不顧忌地擦擦鼻子。「你要嗎?」能登也拿了一張擦鼻子。

「可是事實上如果不是那樣就好了……我也想和老虎變成好朋友,至少希望有機會在她離開之前和她談談。我真的這麼想。可是……亞美她,我總覺得……我這麼說可能很怪,要聽嗎?」

她從右下方看了能登的眼睛一眼。

「……什麼?」

「……亞美暑假時不是和老虎他們去了別墅?總覺得大概是從那之後開始,比起我們,老虎對她來說才是『真正的朋友』。事實上……這實在讓人不爽……我一直胡思亂想了好多好多。奈奈子好像沒有這樣,但是我……覺得亞美被老虎搶走了,就像是在比較亞美到底喜歡我們這群,還是老虎他們那群。」

一名將羽絨夾克抱在胸前的男人一邊把錢包收進屁股的口袋,一邊躦過門簾。「接著是櫃檯一位，請進！」精神奕奕的聲音從店裡傳出來。排在隊伍最前面的男子快速折起正在閱讀的報紙夾在腋下，走進熱氣繚繞的玻璃門內。

「我現在真的覺得早知道就不要胡思亂想，也融入那個圈子不就好了？如果我和亞美商量老虎不在感覺好寂寞不就好了？再說如果能夠辦到、如果我是做得到這種事的人，現在和丸尾的情況一定不一樣。」

麻耶的杏眼又一次、比剛才更堅決地看著能登的眼睛：

「追著丸尾的我很難堪吧？」

因為寒冷而揪結的嘴唇等不了回應，射出下一顆子彈：

「明明怎麼看都沒有希望，我卻那麼拚命，你們也覺得看不下去吧？」

「……妳、為什麼、要……」

「我一直很想問你。如果今天追著丸尾跑、硬是要加入丸尾那個小圈圈的人不是我，譬如說是奈奈子……你還是會用滑雪杖對奈奈子……」

噗。麻耶輕笑一聲，似乎打算以開玩笑的語氣開口：

「……動手嗎？」

——能登沒忘記自己上次對麻耶做過的過分舉動。就在一輩子一次的高中校外教學，他直言麻耶拚命接近北村的做法不好，結果演變成兩人吵架、拿著滑雪杖互毆的局面。

當時真的很抱歉。

可是因為太過寒冷，能登無法好好開口。什麼也說不出口，只是拚命搖頭。

「那時我希望老虎和北村一對，我以為老虎喜歡的人是北村，而北村正好在傷心。那麼只要他們兩人湊成一對就好了。所以我討厭木原接近北村。可是老虎事實上是跟高須，而北村則是希望和老大湊成對。都怪我弄錯才會雞婆多事，真的很對不起。」

如果少了自己，這個世界就能在這番藉口下變得完美。

可是正因為我的存在，果然還是不能忽視我。不管我如何憋氣假裝自己不存在，依然還是存在。因為不管我如何笨拙受傷、如何丟臉難看、如何可悲，我也只能「存在」。

就算這世界上沒有人注意、沒有人知道，只有自己不能看不見自己的心。

所以能登搖搖頭。就算沒人了解、沒人接受，只有自己——

「三位的客人？嗯，接下來是一位的客人，一位，兩位……接著是？兩位。好，對不起！今天到這邊的客人為止，湯已經賣完了！十分抱歉！我會發給各位下次光臨時可以使用的加料折價券！」

走出店門外的黑T恤年輕人幹勁十足地發著折價券。上面寫著加料折價一〇〇圓。拿到折價券的人只能悻悻然地離開。

「……什麼？真的假的！」

能登忍不住睜大小眼睛呻吟。

最後一組客人是排在他們前面的情侶。「哇！差點輪不到我們！」「好幸運喔！」他們相視而笑。而排在後面的人們則是與情侶成反差：「哇！這也太倒楣了！」麻耶也不甘心地仰望天空。怎麼會這麼倒楣！

「怎麼會有這種事！這麼冷！明天還要考試！」

「即將到口的拉麵就這麼飛了！」

無論他們怎麼抱怨，人氣拉麵店的湯就是賣完了。天色逐漸昏暗，迎面而來的風愈來愈強。「呀啊！」麻耶忍不住慘叫。對於自己主動邀約卻演變成這樣的結果，能登覺得必須向麻耶道歉。

想是這樣想，可是。

「……吶，木原。」

「嗯？」

只要再多一點。

比起搖頭，他還想多表達一點自己的想法。

感謝妳注意到我不知所措愣在原地的不安，還陪我來這裡，最後更讓我知道感覺被拋下而不安的人不是只有我。

「謝謝妳。」

＊＊＊

好冷。沒吃到拉麵真不甘心。考試慘了。兩人一路靠著這些話題勉強撐過回程，來到車站入口終於可以獨處。

一個人的能登緩緩走上與麻耶相反方向的月台樓梯。走到一半，麻耶那邊的電車來了。能登心想她應該上車了，不知不覺停下腳步等待那輛電車離開，接著才戴上耳機調整音量，走出風勢強勁的月台。

可是隔著兩條軌道的對面月台，照理來說應該已經上車的麻耶仍然坐在長椅上。她交叉雙腿低著頭，從包包裡拿出手機開始打簡訊。

已經說再見又碰面，感覺莫名尷尬，於是能登躲在人煙稀少的月台邊緣柱子後方。跑馬燈顯示這個月台的電車再過幾分鐘就要進站，他決定在那之前先待在這裡，不要被發現。

偷偷看著對面月台的麻耶，似乎真的很冷。

臉色蒼白的她把下巴埋在圍巾裡吐著白霧，這麼遠都能看出她在發抖。

能登躲起來，不希望被她發現。

躲起來的自己，喜歡她。

眼睛總是有辦法立刻找到她，追逐的對象永遠只有她一人。

能登知道他們合不來，也沒有什麼共通點，更清楚自己完全不符合她的條件，甚至知道她喜歡的人是誰。他也清楚能夠這樣遠遠看著她，就應該感到十分滿足。也知道今天的突發意外到此為止，不會再有更進一步。

所以他屏住呼吸躲起來，不希望被發現。假如被看見，他決定也要裝作沒注意到。

這時他口袋裡的手機突然震動。拿出來一看，是來自麻耶的簡訊：

『看得一清二楚喲，笨蛋。』

「……！」

眼睛搞不好會噴出火焰。能登差點弄掉手機，從柱子陰影抬起肯定一片通紅的臉，扯下耳機。對面月台的麻耶離開長椅起身，走到與能登面對面的位置：

「喂——！不躲了嗎！一開始就看得一清二楚！超好笑的！」

「……因、因為這樣很尷尬！明明剛道別又見面……」

「躲起來比較丟臉吧！耍什麼帥啊！哈哈哈！」

隔著兩條軌道，以藍色透明的隆冬夜晚為背景，麻耶拍手大笑。唔。能登嘴巴癟成ㄟ字，無話可以反駁。

「喂——喂——能登！」

「……幹嘛！」

「不覺得冷嗎？」

「……冷啊，超冷的！」

隔著數公尺無法跨越的距離，對面的麻耶不允許彼此沉默……

「拉麵，真的好不甘心！感覺好像被耍了，你不覺得嗎？」

「……沒錯沒錯！」

「明天第一科就要考數學，不覺得超不妙嗎？」

「……沒錯沒錯沒錯沒錯！」

可是他們能夠聊也只有這些，最後不得不閉嘴。

「……」

能登看著閉嘴站在對面月台的麻耶。

麻耶深吸一口氣，可是沒說出原本打算說的話，只是看著能登。

「……木原——」

「幹嘛——？」

這時能登所在的月台響起廣播。電車來了。軌道那頭的電車車燈逐漸靠近。然後聲音被

沉重的吱嘎聲響掩蓋過去。

木原。

「……那個──」

我喜歡妳。

「……今天真的好冷──都已經三月了──」

我打從心裡喜歡妳。

「……又沒吃到拉麵──」

我總是看著妳。

「……我想明天的考試，應該是死定了──」

然而卻說不出口。

除了自己之外，這份心情很透明，看不見它的存在。即使無法真正變成透明，至少這顆心能夠變得透明。

「……還有──」

──然後。

保護自己不受傷。

無法說出口的話就當作不曾有過。

把真實存在的心情當作沒有。

電車大聲進入分隔能登和麻耶的月台。打開門的電車沒有旅客下車，月台上的幾個乘客上車。能登也踏進打開的車門一步。開著暖氣的車廂很悶熱，乾燥的暖氣滲進鼻子裡。對面玻璃的另一側，麻耶依然很冷地站在那裡發抖。算不上對話的對話被打斷，她無奈地笑了一下，表示這也沒辦法，然後輕輕揮手，張口說聲：「掰掰。」

能登立刻轉身下了電車。

車門在他背後關上。

沒有回頭的他跑下剛才走上來的樓梯。

電車開動，能登沒有上車，邁步跑開。

穿過剛才經過的入口，這次兩階併成一階，跑上對面的月台。

在電車到來之前，我陪妳等吧？他只想說這句話。此刻只想讓麻耶知道這個心情。他知道她喜歡北村，所以不會說出讓她困擾的話。可是他也希望麻耶能夠看見自己。對不起，謝謝，掰掰——除了這些以外的自己。除了這些以外。除了這些以外。我不只是這樣。

我不想當透明人。

看見跑上月台的自己，麻耶睜大眼睛似乎顯得很驚訝。耳朵可以聽到她「你在做什麼？」的低語。

後記

全身都是鮪魚味……

前幾天附近的串燒店推出炭火串燒攤，豪邁地販賣「鮪魚頰邊肉串燒」。我在忍不住跟著別人家排隊時遭到侵襲。等待時因為風向的關係，不斷從正面迎接串燒的煙霧，等我注意到時，已經渾身都是鮪魚味。從那之後一直都是鮪魚味。即使已經洗澡洗頭，衣服也噴了除臭劑，還是充滿鮪魚味。過了幾天後的現在，我仍然彷彿籠罩在魚類力場中。綁頭髮的橡皮圈、包包、包包裡讀了一半的書、錢包、車票等等，一聞之下都是鮪魚味。這樣下去說不定會被松方弘樹（註：日本資深演員，以愛釣鮪魚聞名）釣起來。我就是如此鮪魚的竹宮ゆゆこ。

各位好久不見！真的好久不見！時隔整整一年再度推出新作品！

《TIGER×DRAGON!》系列完結已經好一陣子了，我仍收到各位不改支持的聲援，真的、真的、真的好感謝，我在此由衷向各位致意。因為主線故事完結之後，各位讀者仍然繼續支持，因此在從上一本作品到現在的一年間隔裡，我才能平安地將新作品送到各位手上。

如果各位能夠從中得到樂趣，對我來說便是無上的榮幸。

本書中收錄的短篇是為了ＤＶＤ、遊戲和周邊商品「特典」所寫的故事，以及為了活動書籍當作「祭典專屬限定表演」而寫的作品。或許單獨閱讀這些內容會看不懂，有自知之明的我特別加上簡單的說明頁面。老實說，我不曉得需要解釋的內容收錄在書裡真的好嗎？也不曉得這些適合用來感謝一路支持《TIGER×DRAGON!》的各位嗎？在寫後記的此刻，依然感到很不安。即使如此，我還是相信這是在向各位表達我的感謝，謝謝各位讀者在系列結束後不斷表達你們的熱情，所以決定推出這本作品。希望各位能夠喜歡……！

《TIGER×DRAGON!》真是一部幸福的作品，能夠有ヤス老師的插圖、絕叫老師的漫畫，還有動畫和遊戲，最重要的是獲得各位支持者的青睞。之前書中未收錄的短篇全部都在這一冊裡。我要再次向一路陪伴的各位說聲謝謝。有了你們的力量、支持、協助，才能夠完成這部全十三冊的系列作！

至於接下來的計畫，我正在不斷嘗試錯誤，準備新作品。漫畫版繼續在《電擊大王》上好評連載中！因此也請各位繼續支持！

竹宮ゆゆこ

竹宮ゆゆこ淺談每篇作品

本書中收錄的作品，有些設定和平常看到的內容不盡相同。
在這裡就由竹宮ゆゆこ談談包括解說在內，與每部作品有關的回憶吧！

「瞧瞧我的便當」

初次公開◎動畫DVD「TIGER×DRAGON! Scene4」（2009年4月）

時間是第5集（校慶）和第6集（北村事變）中間。

似乎會帶著三層便當來上學的角色＝茶魔或是面堂。我知道這個哏很過時，但是一時想不到什麼現代的有錢少爺角色，實在沒辦法……海馬社長嗎？（註：《遊戲王》的角色）……可是養父不疼他，而且似乎從精神崩潰之後就沒去上學……還是道明寺（F4）？道明寺（F4）或許不錯？

附帶一提，那天電子鍋被沒收後，沒午餐可吃的竜兒和大河買不到麵包，於是借用亞美的便當蓋，裝著全班同學分給他們的愛心菜餚度過一餐。「借給你們兩個便當蓋，亞美美很善良吧？這麼可愛，個性又好，簡直是種罪惡吧——？上天如此疼愛我，不覺得很恐怖嗎？乾脆帶我走吧，死神！呀啊——！」……亞美美超級興奮！

「TIGER×TIGER!」

初次公開◎「掌中老虎玩偶」特典（2007年6月）

這是系列作第1集封面，大河手中拿的「掌中老虎」玩偶的特典小說。時間大約介在第2集和第3集中間。

內容是女孩子之間的交惡（大河和亞美），還有無法與朋友深交的感受（亞美和麻耶、奈奈子，以及大河和麻耶、奈奈子），莫名感到在意……

另外再加上雖然對方是大河，還是在別人家裡洗自己穿過的內褲的竜兒。

「TIGER×DRAGON!的星期日」

初次公開◎《電擊文庫綜合目錄2006 SPECIAL EDITION》（2007年2月）

大約是在第1集和第2集之間的事。就是他們日常生活的模樣。本篇刊登在用來介紹作品的拉頁上，因此篇幅很短。

星期日一大早就懶洋洋，因此竜兒做了早餐，叫大河起床，即將被抱怨也不生氣，早餐被房東搶走，儘管如此依然心想：「去吃吐司吧！」真是個悠哉享受日常生活的男人。

「歡迎光臨DRAGON食堂」

初次公開◎《電擊h&p》（2007年11月）

刊登在以官方盜版為主題的書裡。設定是10年後，從27歲開始的《TIGER×DRAGON!》平行世界的第1回。當然沒有後續。我猶豫著性別轉換的梗等等，最後還是選擇照舊。性別轉換……雖然只是想像，不過亞美夫似乎是超級型男。実乃太郎（或是実乃悶太）感覺有點囉唆。「嘿，大河彥！你和高須小姐進展如何？好可疑——太可疑了——該怎麼說！總之來打棒球吧！我們也有兩顆球、一根棒子！哈哈哈！」然後是竜美。「櫛枝真是太陽一樣開朗的男人，相反地我卻是內向差勁的女人。啊，對了，我借用大河彥的洗衣機洗內褲了！內褲變得暖呼呼～～！嘿嘿，沒被發現應該沒關係吧！」……呃，總覺得有點……

補充說明一點，我家附近真的有一家DRAGON食堂，現在仍在營業。

「TIGER×DRAGON!的躲雨」

初次公開◎《ヤス畫集TIGER×DRAGON PICTURES!》（2009年6月）

時間是第10集開始時的高中三年級秋天，或者說高中二年級秋天。動畫裡的大河是在高中畢業時回來，因此我的設定是接在原作之後或動畫之後都可以的秋天……希望各位也有同樣感覺。

「不幸的BAD END大全」

初次公開◎PSP遊戲「TIGER×DRAGON! PORTABLE」（2009年4月）

這是遊戲特典。時期大約在第7集中間，不過姑且算是與主線故事不同的平行世界。

遊戲是從竜兒在耶誕夜因流行性感冒（與心靈創傷）倒下，並且喪失記憶開始。跌下樓梯的竜兒看到的景象連接遊戲的開頭……大概是這種感覺。我個人非常討厭其中小実和北村變成如此黑暗的未來。另一方面「TIGER×CHIHUAHUA!」一家人能夠得到意料之外的幸福，真是比什麼都令人開心。

「DRAGON泰子」

初次公開◎動畫DVD「TIGER×DRAGON! Scene8」（2009年8月）

竜兒出生前、離家出走前的泰泰。

竜兒的「兒」字來自泰子的父親「清兒」，但是「竜」是從哪裡來的？於是寫出這篇故事。這段時期的《瑪》好像正在連載《流星花園》吧……我怎麼那麼喜歡流星花園。順帶一提，我最喜歡F4裡頭的花沢類。

「THE・社長」

初次公開◎《電擊學園RPG Cross of Venus》（2009年3月）

電擊文庫的角色超越作品框架出現在這個電玩遊戲的特典裡。因此我希望作品中出現電擊文庫，設定北村正在閱讀秋山瑞人老師的《伊里野的天空、UFO的夏天》並借用其中一段內容。不曉得該說非常感謝，還是該說非常抱歉……簡單說來，其實我是秋山老師的支持者……

除此之外，耳機之中也有做成草石蠶形狀的耳塞式耳機吧？

「FAKE×TIGER!」

初次公開◎《電擊文庫BUNKOYOMI》（2006年11月）

這是官方盜版的企劃，設定約是主線故事第3集的平行世界。

突然出現的危險人物玉井伊歐，又名淚夜，這角色是《我們倆的田村同學》系列外傳〈高浦同學的家族計畫〉裡出現的國中女生……這個超人氣角色跨作品出差來到這裡……當然沒有這回事。以定位來說，她算是個終極武器。最近在《電擊文庫MAGAZINE》中刊載的新作中，她被留級又被勒令停學，還被個高中女生照顧。如果對她有興趣，《我們倆的田村同學》也出了兩本，歡迎參考看看。伊歐是大河念過的私立女校（後來被開除，所以無法升上高中）的學妹，不過這是我個人的背景設定。

「想吃拉麵的透明人」

新作

交稿時忘了決定篇名，於是編輯在列印時暫時取了個名字「能登與木原的STARTING OVER」。值得玩味……

Kadokawa Light Novels

我們倆的田村同學 1~2 待續

Kadokawa Fantastic Novels

作者：竹宮ゆゆこ　插畫：ヤス

一邊是冰山美人，一邊是不可思議美少女
平凡的田村同學戀情將何去何從!?

平凡的田村同學和有點怕寂寞、卻又愛鬧彆扭的高傲美少女・相馬廣香發生初吻的同一日，竟然收到久無音信的不可思議系電波美少女・松澤小卷所寄來之明信片！這封明信片即將帶來什麼樣的波瀾——!?請看竹宮ゆゆこ的微酸愛情小品文。

各 **NT$180~200/HK$50~55**

台湾角川

Kadokawa Light Novels

蘿球社！ 1~4 待續

Kadokawa Fantastic Novels

作者：蒼山サグ　插畫：てぃんくる

就算被充滿煩惱的少女們給耍得團團轉，
依然還是充滿活力的青春運動喜劇第四集！

進入暑假，將要首次跟其他學校的女子迷你籃球社比賽的智花等人難掩興奮情緒。而且對手是經常打進縣內大賽的強校，因此昴也打算以少女們的真正教練身分多學一點東西，然而……對方的惡劣對待，讓一行人突然被迫開始等同於野外露營的生活——

各 **NT$180~200/HK$50~55**

台湾角川

Kadokawa Light Novels

小春原日和的育成日記 1 待續

Kadokawa Fantastic Novels

作者：五十嵐雄策　插畫：西又葵

《乃木坂春香的秘密》作者．五十嵐雄策＆
《SHUFFLE》角色設計．西又葵合作的夢幻作品！

請大哥哥將我培育成……「成熟的女性」……就連在站自動門前也幾乎感應不到的超不起眼少女．小春原日和，某天突然冒出這麼一句話來，於是晴崎佑介與日和的改造計畫便就此展開，到底不起眼的小女人會如何轉變？

台湾角川

NT$200/HK$55

Sweet☆Line 甜蜜陣線 1~2 待續

Kadokawa Fantastic Novels

作者：有沢まみず　插畫：如月水（RED FLAGSHIP）

動畫業界的超大企畫正緊鑼密鼓地展開，
新生代人氣聲優將齊聚一堂，共同挑戰！

永遠好不容易克服了男性恐懼症，但真弓卻覺得永遠還是有所欠缺，所以找了一位神秘人物來替她強化實力。另一方面，時下最夯的輕小說改編動畫計畫正在台面下如火如荼展開，永遠等人都打算角逐演出機會，卻不料傳說中的那個人也……！

台湾角川

各NT$180~190/HK$50

Kadokawa Light Novels

C³ —魔幻三次方— 1~2 待續

Kadokawa Fantastic Novels

作者：水瀨葉月　插畫：さそりがため

「我討厭人類……我已不打算再聽人類的話，也不受人類指使……」

收到宅配送來的神秘黑色箱子，當晚出現的仙貝小偷少女（全裸）．菲雅，待圍繞她的一連串騷動總算告一段落，春亮總算得以喘息，回復平靜的生活……原以為如此，沒想到卻又收到了新的宅配包裹。而且裡頭放著的是全新的女學生制服……！

NT$180~190/HK$50

台湾角川

Kadokawa Light Novels

天魔黑兔 1~2 待續

Kadokawa Fantastic Novels

作者：鏡貴也　插畫：榎宮祐

一段誓言「絕不讓妳孤單」的故事……
顛覆校園奇幻小說，第二集登場！

理應已經死去的日向留給月光一句話，在這句話傳到的同時，宮阪高中升起了血紅的月亮，灑下侵蝕大兔等人身體的紅雨。這句「留言」究竟是陷阱，或是……一切謎題尚未解開，眼看希梅亞身上又要發生變化──大兔是否會犯下跟九年前同樣的過錯？

台湾角川

各 **NT$190~220/HK$50~60**

國家圖書館出版品預行編目資料

TIGERxDRAGON SPIN OFF. 3, 瞧瞧我的便當 / 竹宮ゆゆこ作 ; 黃薇嬪譯. -- 初版. -- 臺北市
臺灣國際角川, 2010.11
面 ;　公分

譯自 : とらドラ.スピンオフ3!俺の弁当見てくれ
ISBN 978-986-237-914-1(平裝)

861.57　　　　99019149

Kadokawa
Fantastic
Novels

TIGER×DRAGON SPIN OFF 3！
瞧瞧我的便當

（原著名：とらドラ・スピンオフ3！俺の弁当を見てくれ）

2010年11月20日 初版第1刷發行
2023年10月2日 初版第2刷發行

作者：竹宮ゆゆこ
插畫：ヤス
日版設計：荻窪裕司
譯者：黃薇嬪
發行人：岩崎剛人
總編輯：蔡佩芬
副總編輯：朱哲成
設計指導：陳晞叡
印務：李明修（主任）、張加恩（主任）、張凱棋
發行所：台灣角川股份有限公司
地址：104台北市中山區松江路223號3樓
電話：（02）2515-3000
傳真：（02）2515-0033
網址：www.kadokawa.com.tw
劃撥帳戶：台灣角川股份有限公司
劃撥帳號：19487412
法律顧問：有澤法律事務所
製版：尚騰印刷事業有限公司
ISBN：978-986-237-914-1